ようこそ、カズ先生

佐藤万里

TO文庫

目次

ようこそ、カズ先生

プロローグ

初舞台は小学校の体育館だった。年に一度、保護者も招いて行なわれる学芸会だ。

夏が終わろうとしていたあの日、学級会の時間に先生が役割を黒板に書き出した。出演する人、道具を作る人、衣裳を作る人……。

「今日は学芸会で誰が何をやるかを決めます。みんな、何をやりたいか考えてきたかな」

ぐるりと教室を見回した先生の言葉に、俺はこっくりとうなずいた。心臓がバクバクして飛び出しそうだった。

「それじゃまず、出演したい人」

「はいっ！」

思い切って手を上げた。大声を出したつもりだったのに、ひしゃげた変な声しか出なかった。そんなふうに何かに立候補したのは、四年生のその日が初めてだった。

俺には三つ年上の兄貴がいる。頭が良くて、スポーツも得意で、何でもできる自慢の兄貴だ。俺はずっと兄貴のようになりたくて、なれずにいた。勉強はそこそこ、スポーツはほどほど、劣等生じゃないけど取り柄もない。俺はいつも、兄貴のかげでかすんでいた。

　前の年の学芸会で兄貴が演じたアーサー王は、ストーリーはよく分からなかったけどカッコ良かった。俺もあんなふうになりたかった。

　どんな役をやるんだろう。セリフはあるのかな。

　配役は先生が決めることになっていて、ドキドキしながら発表を待った。

　クラスの演し物は『はだかの王様』で、少年役に選ばれた俺は有頂天になった。出番は少ないけれど、誰もが本当のことを言えないなかで、王様ははだかだと指摘するおいしい役だ。

　走って帰って報告した。

「お母さん、絶対に見にきてよね」

　兄貴に一歩近づけたようで嬉しかった。

　本番の日は朝ご飯が喉を通らなかった。上手くできるんだろうか、失敗して笑われてしまうんじゃないだろうかと心配で、学校を休んでしまおうかと思ったほどだ。

　ほかのクラスの演《だ》し物なんて、何も目に入らなかった。順番なんてこなけりゃいいのにと思ったけれど、あっという間に準備をするように呼び出された。

　そして芝居が始まった。オシャレで、新しい服を作ることが大好きな王様のところへ、仕立て屋の二人組がやってくる……。

　体育館の暗い片隅で、じっと出番を待った。ライトを浴びる王様や仕立て屋役の友達がキラキラと輝いて見える。ぼくだって、と拳を握りしめたけれど、出番が近づくにつれどんどん緊張して、ガクガクと足が震えた。

「大きな声を出すんだぞ。おまえならできる。いいな」

　先生が耳元でささやく。うなずくのが精一杯だ。

　王様のパレードのシーンが始まり、町の人たちと一緒に舞台へ駆け出していった。誰もが王様の新しい服を褒めそやし、歓声を上げる。賢い人にしか見えないという特別な服だからだ。王様が胸を張って手を振ったのを合図に、俺は舞台のセンターに飛び出した。

「ねえみんな、見てごらんよ！」

　お客さんが一斉に注目するのが分かった。スポットライトが眩しい。まるで違う人物になったみたいで、不思議に気持ちが落ち着いた。

「王様ははだかだよ。おっかしいの。何にも着てないや」

　たったそれだけのセリフ。でもその瞬間、舞台は俺だけのものだった。そして俺のセリフをきっかけに、芝居が大きく動き出す……。

　――ぼくだってできる。

芝居が終わり、体育館いっぱいのお客さんの拍手を浴びてお辞儀をしながら、俺は初めて自信を持った。

第一章　島根ってどこにある？

「ミュージカル……ですか？」

「そう！」

専務取締役、と名乗った男が満面の笑みでうなずいている。どうしてこんな話になるんだか。リクルートスーツに身を包んだ小国《おぐに》和昭は戸惑うばかりだった。

サンライズホテルは朝食無料、全室パソコン完備を謳い文句に、急成長しているホテルチェーンだ。営業企画部が中途採用者を募集していると知った和昭はすぐさま応募し、入社試験に挑んだ。一週間前、一月末のことだった。

内々に話したいことがある――。

電話が掛かってきたときには採用かと胸が躍った。小柄な体を少しでも大きく見せようと、身長が五センチばかり高くなるシークレットシューズを履いて、新宿のオフィスビルに足を運んだ。そして案内されたのが革張りのソファがでんと置かれた応接室だ。窓からは高層ビルの連なりが見える。秘書が運んできたコーヒーカップはウェッジウッドだかロイヤルコペンハーゲンだか、とにかくお高い代物に違いない。

大きな紙袋を抱えて現れたのは良くいえば恰幅のいい、率直にいうなら腹の突き出たオジサンだった。恭しく頂戴した名刺には「専務取締役　松田大作」と書かれている。専務じきじきの呼び出しとは。長かった就職活動もついに終わるかと期待したのに、開口一番「君にミュージカルを頼みたい」と言われるなんて思ってもみなかった。

――やっぱりあんなことしなきゃ良かった。

筆記試験に続いて行なわれた面接を思い出した。

「あなた自身を営業してください。制限時間は三分です」

ただの質疑応答かと思っていたのに、いきなりハードルの高い課題を出され、ろくに考える時間も与えられないまま端から順に指名された。

「ＩＴ企業のソフト開発に携わってきたキャリアなら誰にも負けません。時代のニーズを先取りした戦略を手掛けたいと考えています」

「観光立国が叫ばれ、二〇二〇年東京オリンピックを控えたいま、ホテル業界では国際競争力が大きな鍵となっています。英語、中国語、韓国語なら任せてください」

同じグループの受験者たちのよどみない営業トークに、和昭は面食らった。

――俺のどこを営業すりゃいいんだ？　また「お祈りメール」が届くのかよ？

『貴殿の更なるご活躍とご多幸をお祈り申し上げます』

不採用通知の最後に、決まって添えられる「お祈り」の言葉。不合格にしておいて、祈ってなんかほしくねーよと腹が立つ。

　俺のやってきたことなんかミュージカルだし、と思った途端に指名された。

「では次の方。小国和昭さん」

「ミュージカルやってました！　笑顔なら自信があります。これからのホテルに必要なのはエンターテインメントです！」

　思わず口走っていた。言ってしまってから、営業企画部の募集だったと気づく。

——笑顔は関係なかったか？　いや、営業マンは笑顔だろ。企画はエンターテインメント性で勝負じゃないか。あれ？　でもサンライズホテルってビジネスマンがターゲットだったっけ。エンターテインメントは関係ないか？

　頭の中がショートした。このまま押し切らなければと気持ちが焦る。迂闊なことをしゃべればボロが出そうだ。

「ではこれからお目に掛けます！」

　とにかくやってみるしかない。和昭は大きく息を吸うと、何度もくり返し稽古したセリフを口にした。

「みなさーん、こんにちは！　ミュージカル名作劇場へようこそ。これから始まるのは『ブレーメンの音楽隊』だよ。みんな、ブレーメンってどんなところだか知ってるかい？　それはね、この幕が上がってからのお楽しみ。さあ、それではお兄さんと一緒に、大きな声で『おしばいを始めよう』の歌を歌ってください！」

和昭は面接官の居並ぶテーブルを客席に見立て、アカペラで歌い出した……。


そういえばこいつ、あのときの面接官のひとりだっけ。

呆れたような微苦笑を浮かべる面接官の中で、ひとりエントリーシートに見入っている男がいた。あれが確か、いま目の前に座っている松田専務だったに違いない。ずんぐりとした体に見覚えがある。歌い終えたとき、まっ先に手を叩いてくれたのはこの男だったはずだ。

改めて姿勢を正した。

ミュージカルを頼みたいとはどういうことか。ホテルが協賛でもするのだろうか。いや、もしかしたら新しいイベントの企画でもあって、それを任せるという話かもしれない。さまざまに思いをめぐらせたが、松田の口からはまったく関係のない話が飛び出してきた。

「私は島根県大田《おおだ》市の出身なんだけどね。分かるかな、島根県」

「はい。島根って確か……」

うなずいてはみたものの、何も思い浮かばない。

松田はにこやかな顔つきで和昭の次の言葉を待っている。だがその眼差しはどこか鋭い。これは面接試験の続きなのだろうか。まずい、何か言わなければと頭をフル回転させた。

「えーと。米子空港でしたよね？」

「それは鳥取。島根は出雲空港」

「……すみません」

必死で日本地図を思い浮かべる。確か日本海側に細長い形の県がふたつ並んでいた。あれが島根と鳥取だったか。でもどっちがどっちだ？

「よく間違えられるんだよね」

松田が突き出た腹をゆさゆさと揺らしながら笑う。どうやら機嫌を損ねたわけではないらしいとほっとしたのも束の間、地図の向かって左側、つまり西側が島根、東隣りが鳥取とレクチャーされた。ちなみに西隣りが山口県、南側には広島県があるそうだ。

地理的知識がないことなどお見通しらしい。

「うちは全国展開するホテルチェーンだからね、日本地図はしっかり頭に叩き込んでおかないと」

さらっと厳しい一言を口にする。うなだれつつも、もしかして採用を前提にした叱責だろうかと希望がちらりと頭をかすめた。けれども松田の話はまた脱線する。

「大田市ってさ、群馬県太田市とか東京の大田区としょっちゅう間違われるんだよ。

バーコードなんてものができる前は、群馬や大田区に宅配便が行っちゃうこともあったんだ。あ、大田市は大きい田ね。太い田じゃないから」

「はい」

神妙にうなずく。

大田市は東西に細長い島根県のほぼ中央に位置していて、人口はおよそ三万七千人、海あり山ありの豊かな自然と神話のふるさとでもあるのだと説明された。柿本人麻呂ゆかりの地でもあるという。話の展開がさっぱり見えないが、かしこまって拝聴した。

「それでその大田市なんだけど、平成の大合併で新しい大田市に生まれ変わってから十月一日で十周年になる。それを記念して、市民ミュージカルを創ろうという企画が進んでいるんだ。ぜひとも君に手伝ってもらいたい」

やっと話がミュージカルにたどりついた。でもそれって採用とどう関係するんだろう。

和昭の戸惑いをよそに、松田は紙袋から次々と本や冊子を取り出し、テーブルの上に積み上げていく。『石見銀山よもやま話』『石見銀山の歴史発掘』『石見銀山ワークノート』……。

「いしみ銀山、ですか」

「い・わ・み。いわみぎんざん、だよ。世界遺産に登録されてるんだけど、知らないかなあ」

「あ、そういえば聞いたことがあるような気が……」

まるでしない。どこにあるんだか分からない島根に世界遺産があるなんて思わなかった。富士山とか小笠原諸島とか、あれはもっと有名なところが選ばれるんじゃなかったろうか。

「せっかく世界遺産があるんだから、これをミュージカルにしたいそうだ。きみにお願いできないかな」

「あの」

それよりも就職はどうなるのかと聞きたかったが、松田は強引に話を進めた。

「頼むよ。きみ、劇団ドリームにいたんだろ」

ズキリ、と胸が痛んだ。その名前はもう聞きたくなかったのに。職歴を空欄にしておくわけにはいかないからと記入したことが悔やまれた。

「……脚本を書くとか、そういうことですか？」

「それと指導をお願いしたい」

「いや、でも、俺がやってたのは役者ですから。脚本とか指導とか、そういうことは」

「何とかなるさ、プロなんだから」

「でも、俺は就職活動を」

「そこだよ」

松田がずんぐりとした体をぐいと乗り出した。

「我が社では取締役ひとりにつき一名の採用枠が認められている。市民ミュージカルが無事に成功したあかつきには、きみを正社員として採用したい」

「本当ですか？」

「もちろんだよ。大田はいまでも、私にとって大切な故郷なんだ。そんな大きなイベントがあるなら、私もぜひとも協力したい」

松田は大学進学とともに上京して、そのまま東京で就職し、がむしゃらに働いてきたという。島根は遠く、金も時間もない若い頃には、そう頻繁に帰ることもできず、だからこそ余計に故郷への思いが募ったのかもしれないとしみじみ語る。

「誰だってそうだろ。生まれ育った土地っていうのは安らげる場所なんだよ」

「はい」

うなずいておくが、すぐ隣りは埼玉県という東京の外れで育った和昭にはいまひとつピンとこない。

松田は石見銀山が世界遺産に登録されたときは本当に嬉しかった、直前に登録延期の勧告を受けたときにはひやひやしたと力説する。

とっくに結婚して、マンションも購入し、もう大田に帰って暮らすことはないだろうが、だからこそ故郷の役に立ちたいとふるさと納税もし、自分が使える一名の採用枠もできる限り大田のために役立てているという。

今年度の枠は使ってしまったが、十月に公演を終えて帰ってくれれば来年度の枠で採用できると松田は明言した。大田市が合併記念事業の予算をとっているから、いくばくかの指導料も支払われるという。

「我が社では中小都市への進出にもっと力を入れたいと考えている。地域の活性化がホテルの需要を生み出す鍵だ。地域の現状に目を向け、自治体の主催事業を成功させた人物であれば採用の推薦文も書きやすい。帰ってきたら正社員だ。な、頼まれてくれるよな？」

「分かりました」

正社員というエサに釣られた。松田は満足そうに大きくうなずく。

「ありがとう。じゃあ、台本は今月中にもらえるかな。来月オーディションをやるんだって」

「はいィ？」

声が裏返った。今日は二月五日だ。しかも二月は二十八日まで、今月中ってあと三週間ちょっとしかないじゃないか。

ムリです、と反論する隙はなかった。

「いやあ、助かった。劇団ドリームで活躍した男がいるって話をしたら、市役所の連中、大喜びでね。期待してるよ」

松田はにこにこと和昭に手を差し出した。もうこうなったらやるしかない。

劇団ドリームは日本を代表するミュージカル劇団だ。海外の有名ミュージカルを上演するだけではなく、子どもたちを対象にしたファミリーミュージカルにも力を入れている。ミュージカル名作劇場がそれだ。

大学でミュージカルサークルに所属していた和昭は仲間たちと一緒にオーディションを受けに行き、どういうはずみかひとりだけ受かってしまった。

——すげえ。俺たちの中からスタアが誕生だ！

仲間からもてはやされて、大学を中退した。どのみち文学部哲学科なんてところに在籍していて、就職で苦労するに違いないと分かっていた。兄貴のように大手企業に就職できるはずもない。それくらいなら違う世界で自分の力を試したかった。

最初は良かった。新しいもの好きの演出家に可愛がられた。でも……。

怪我をして踊れなくなり、去っていく仲間がいた。これじゃ家族を養えないと退《や》めていく先輩もいた。毎回キャスティングされるわけではない。舞台に立てなければステージ料という名のギャラは入ってこない。収入はいつも不安定だ。それに……。

——退めるなら若いうちだよ。二十代のうちならつぶしがきく。カタギになるなら早いほうがいい。

入団したての頃には聞き流した先輩の言葉が身に染みた。このまま劇団にいても仕方ないんじゃないだろうか。先の見えない毎日に退団を決意した。

けれども現実は厳しかった。就職内定率が回復しているなんて、それは新卒に限った話に違いない。大学を中退し、二十六歳にもなった役者崩れの男を雇ってくれる会社なんて見つからなかった。

「お祈りメール」を何十通もらったことだろう。もう気持ちが折れそうだった。

やっとめぐってきたチャンスじゃないか。とにかくミュージカルを創ればいい。そうすりゃ正社員に雇ってもらえる。カタギになって安定した生活を手に入れるんだ。

ずっしりと重い、紙袋いっぱいの資料を抱えて家に帰り、面接の結果を気にする母に曖昧な返事をして部屋にこもった。劇団を退め、ひとり暮らしをしていたマンションから実家に戻ってもう半年になる。母からも兄からも、いつまでも就職が決まらないことを心配されて、プレッシャーばかりが大きくなっていた。正式に話が決まるまでいい加減なことは言いたくない。

まずは台本を書かなければ。ひとつやふたつはミュージカルになりそうな民話でもあるだろうと期待したが甘かった。

「天文《てんぶん》二年、神屋寿禎《かみやじゅてい》は宗丹《そうたん》、慶寿《けいじゅ》という二人の技術者を招いて、灰吹法《はいふきほう》という製錬方法を導入し……」

「永禄《えいろく》元年、毛利元就《もとなり》は銀山奪還を目指して邑智《おおち》郡美郷《みさと》町の別府へと進出したが、尼子《あまこ》晴久《はるひさ》の軍勢によって進路を断たれ……」

「江戸時代、幕府直轄領《ちょっかつりょう》となった銀山領では、初代奉行となった大久保石見守長安《いわみのかみながやす》が地方巧者《じかたこうしゃ》や地役人《じやくにん》を登用し……」

漢字が多い。しかもさっぱり分からない。銀を採掘するために坑道をどう掘ったかだの、港へ運び出すためにどんなルートを通ったかだの、そんなの知るかと言いたくなるような話が続く。

資料のほとんどが、地元の人がこつこつと調べ上げて自費出版したらしい研究書か、大田市がまとめたリーフレットだ。どれだけかき集めたのか、読んでも読んでも終わらない。早く書き始めなければ間に合わないと焦るのに、イメージが膨らむ題材が見つからなかった。そもそも和物のミュージカルというのがピンとこない。

三日も資料を読みふけって、頭がふらふらになった。使えなさそうな話のページは読み飛ばしたが、こんなに続けて本を読んだのは初めてじゃないだろうか。残された資料はあと二冊。やっぱり俺には無理なんだよと思えてきた。

薄いほうの一冊を手にとる。『聞き書き石見銀山』、伝承を中心にまとめられた本のようで、物語ふうの語り口が読みやすくてほっとした。

「銀山をめぐって、たくさんの殿さまが争っていた時代のことです。その村では男たちがみんな戦に駆り出されてしまい、女たちだけで留守を守っておりました。敵の大将が攻めてきたとき、武器を手に立ち上がったのは鶴女です。村の守り神といわれる白い鳥も、鶴女の周りに集まってきました……」

村を守ろうとするかのように舞う白い鳥――。

情景が目の前に広がった。白い、ふんわりとした衣裳を身にまとった白い鳥たちのダンス、これは絵になる。村を守ろうとする女たち、というのもいい。銀を狙って戦うのではなく、穏やかな暮らしが戻ってくることを願い、村が荒らされるのを防ぐために戦わざるを得ない女たちだ。なぜ戦うのか、争わなければならないのか、それがテーマになるんじゃないだろうか。

鶴女じゃ名前がカタすぎるから、主人公の名前は〝つう〟にした。まだ若い娘だ。やっぱり恋愛の要素もほしい。そうだ、怪我をした若者が紛れ込むというのはどうだろう。よそ者を追い出すのか、受けいれるのか、村人たちとつうの間で意見が対立する。ここで人と人とがなぜ争わなければならないのか、なぜ信じ合うことができないのかという議論をするのもいい。

次々とアイデアが思い浮かんだ。

これならいける。

劇団時代の台本を引っ張り出して構成を考えた。歌やダンスがどのくらいの割合で入ってくればいいのか参考にする。ドラマは葛藤だ、と演出家が話していたことを思い出す。主人公はつうと矢吉。クライマックスはふたりの対立だ。

村の女たちの中でも対立が必要に違いない。最初から村を守ろうと一致団結するのではなく、追いつめられることで戦うしかないと決断させたらどうだろう。確か飲み水がなくなって困ったというエピソードがあったはずだ。それから湧き水が出るようにした白蛇の化身の話がなかったっけ。

一度読んだ資料をひっくり返して、アイデアを書き出した。

村に紛れ込んだ矢吉とつうの恋物語。戦が終わって父親や夫が帰ってくることを祈る村人たち。村を守るかのように飛来する白い鳥。けれどもやがて矢吉の裏切りが発覚する。そして……。

どうにかこうにか、ようやく書き上げた脚本は拍子抜けするほど簡単に採用が決まった。書き直しも何もない。再び呼び出されて会いに行った松田はご機嫌だ。

「いいねえ。何より題名がいい。『石見銀山物語』、石見銀山のミュージカルだってことが一目で分かる」

タイトルを考える気力がなかっただけなのに、評価されるのはそこかよとがっくりした。

「じゃあ、これが行きのチケット。島根との往復は一回ってことで良かったよね。帰りの分は向こうで手配してくれるから」

大田から送られてきたという航空チケットを渡される。公演は十月四日の日曜日。三月末のオーディションから半年間、島根に行ったきりということになった。ミュージカルの指導料七十万円と往復一回分の航空チケット、それが大田市から提示された条件だ。月収十万ちょっとになる計算だが、参加者には学校や仕事があるから、稽古は週末の二日だけ。時給換算すれば悪くない話だった。宿泊は市役所職員の家に部屋が提供されるという。

「あの、泊まり先の住所を教えてもらえますか。着替えとか、荷物を送っておきたいんですが」

「ああ、そうだね」

松田がすらすらとメモを書く。はい、と渡されて、和昭は目を丸くした。

「あの、これってまさか……」

「うちの実家。弟が市役所の職員でね、ミュージカルの担当者なんだ」

ミュージカルの指導者を探していたのは、どうやら弟に頼まれたからだったらしい。それにしても宿泊先が専務の実家なんてとんでもない。ハメを外したら逐一報告されるんだろうか。どっと気が重くなる。

「あの、半年間もご迷惑じゃ……」

「田舎の家だから部屋数だけは多いんだよ。気にしなくていいから」

「はい……」

そういう問題じゃないのだが。

「それじゃよろしく。君の連絡先を伝えておくから、あとは直接やり取りしてくれ。本番、楽しみにしているよ」

仕方がない。帰ってくれば正社員の道が待っている。

あさってには島根に行くという夜、和昭は大学時代のサークル仲間の飲み会に参加した。久しぶりに顔を出すかという気になったのは先行きが見えた安心感からだ。一緒に無茶をやった連中は落ち着いた社会人になっており、居酒屋の狭い座敷は会社勤めのグチで盛り上がった。半年後には俺もみんなの仲間入りだと気持ちが浮き立ち、問われるままに就職が決まったいきさつを口にした。

「でさ、島根に行くことになったんだよ、市民ミュージカルの指導をしに半年間」

「島根かァ。朝子も島根だったよね」

うん、と応じたのは清水朝子だ。ミュージカルサークルでは主役を演じ、演出もこなしていた。プロの道を目指すんじゃないかと思われていたのに、そんなに甘い世界じゃないとあっさり引退して、バリバリのキャリアウーマンになっている。朝子が島根の出身とは知らなかった。

「島根のどこに行くの？」

「えーと、石見銀山のあるところ」

「ふうん、大田かァ」

何だか気のない返事に聞こえた。気のせいだろうか。

「私は松江なの。松江っていいところよ。歴史のある城下町で、小泉八雲に愛された古き良き日本の街で、宍道湖や玉造温泉もあるし、なんたって県庁所在地だし。行くならやっぱり松江よね」

「でもさ、石見銀山って世界遺産なんだろ」

「えーっ、そうなの？　島根に世界遺産があったんだ？」

隣りの席から声が上がる。やっぱりそうだよな、知らなかったのは俺だけじゃなかったとほっとする。

「大丈夫なの？」

朝子が探るような目を向けた。

「……何が？」

「何って、いろいろと。半年間も行ったきりなの？」

「帰ってきたけりゃ、たまには自費で往復するさ。平日は稽古がないって話だし」

「航空運賃高いわよ。まともに往復したら六万円超えるから」

「ええっ！　嘘だろ、そんなの。福岡に旅行したとき、確か一万とか二万とかだったけど。島根って本州だろ。福岡より近いじゃないか」

「でも高いのよ」

羽田・出雲間は競合する航空会社がなく便数も少ないため、格安チケットはほかより割高なのだそうだ。

「早めに予約すればずい分安くなるんだけど、それだとキャンセルや変更ができないのよね。寝台特急も確か、ほとんどの席が四万円超えてたかなあ」

「……なんかさ、韓国に行くほうが安くないか」

宿泊先を提供してでも往復チケットを一回に抑えたのはこのためだったかと理解した。

「半年間、島流しかよ……」

島根がぐんと遠くなったように思えてきた。

第二章　砂丘はない、マックもない、スタバもない

三月最後の金曜日。どんよりとした雨雲を突っ切って、飛行機が出雲空港に降り立った。来てしまった。そんな感じだ。

羽田からおよそ一時間半のフライトだった。たった一時間半、板橋の外れにある和昭の家から横浜辺りまで足を伸ばせば、そのくらい掛かるはずだ。でも自腹を切らなきゃ半年もの間東京へ帰れないという現実に、ずっと遠く思えてくる。

小窓から外を覗けば小雨が降りしきっていた。何だかずい分こじんまりとした空港で、やたら小さな飛行機がとまっている。もしかしてあれはプロペラ機じゃないだろうか。

あっという間に、ターミナルビルが目前に姿を現した。

——ん？　なんだ、あれは？

「ようこそ出雲縁結び空港へ」の横断幕が掲げられている。

縁結びって、そうか、出雲大社があるんだったとようやく気づいた。

——にしても縁結び空港ってネーミングはどうなんだよ。

何にでもケチをつけたくなる気分だ。

「大丈夫なの？」と頼子に問われたことが重く心にのしかかっていた。和昭の剣呑な表情を察したのか朝子は話題を変えたけれど、あの探るような目は別のことを問い掛けていたに違いない。

おまけに昨夜は、都内でひとり暮らしをしている兄の貴行が久しぶりに帰ってきて、またもや「大丈夫なのか」を浴びせられた。本当に正社員として雇ってもらえるのかと念を押されて、そういえば口約束だったと気がついた。

慌てて「明日から島根に行きます、帰りましたら就職の件お願いします」と控えめなメールを送り、松田専務から確約の返信があってほっとしたが、兄に指摘されるまで気づかなかったことが情けなかった。やっぱり兄貴にはどうしたってかなわない。

昨日とおととい、ダブルパンチだ。

「皆さまに良いご縁がございますよう、お祈り申し上げます」

キャビンアテンダントの声が機内に響く。良いご縁なんてあるはずないさと言いたくなる。ミュージカルを演出しなけりゃ雇ってもらえないなんて、本当の合格といえるんだろうか。でも正社員になるにはこれしかない。

荷物はまとめて送ってあったから、和昭は身軽だった。デイパックを左肩にかけ、預けた荷物が出てくるのを待つ必要もなく到着ロビーを目指す。

「えっ……？」

自動ドアの向こうへ出るなり、和昭はその場で固まった。

『ようこそ！　小国和昭先生』

縁結び空港じゃなく、和昭の名前を大書した紙を掲げた二人連れが正面に立ってい
た。出迎えが来るとは聞いていたが、なんだこれは。

「先生！　小国和昭先生ですかいな」

立ち尽くした和昭に中年男が駆け寄った。

『大田市役所　大田市教育委員会　文化芸術課　企画振興室長』

サッと差し出された名刺には長ったらしい肩書きが印刷されている。松田文雄、松
田専務の弟だ。ずんぐりとした体格がよく似ているが、生え際が早くも後退している。

弟と聞いていなければ、こっちが兄だと思っただろう。

「先生、東京からわざわざありがとうございます」

「いえ、あの、こちらこそお世話になります」

深々と頭を下げる。

「すみません、名刺を持っていなくって」

「そがなこと気にせんで。それより無事に着いて何よりでした。朝は雨がすごかった
んで、心配しちょったです」

「はァ」

雨くらいで何を大げさな、と思うがうなずいておく。何しろ専務の弟なのだ。ふてくされている場合ではない、好印象を与えておかなければ。

「石見銀山課の岩谷頼子です」

またもや名刺を差し出される。こちらはまだ若い。和昭より二つか三つ年下だろうか。濃紺のスーツに白いシャツ、まるでシューカツ中の学生のようだ。セミロングの髪をひとつに束ね、化粧っけもほとんどないが、なかなか可愛い。切れ長の目元がちょっと気の強そうな印象を与えている。

「事務的なことは岩谷くんが担当してくれますけ」

「あ、それはどうも。よろしくお願いします」

気持ちを立て直して挨拶したが、頼子はにこりともせず頭を下げるだけだ。緊張でもしているのだろうか。

「先生、お荷物をお持ちしましょうか」

「いえ、とんでもない」

「そいじゃ先生、車を回してきますけ」

文雄は「先生、先生」と連呼する。苦い思いがこみ上げてきた。

「あの、先生は止めてもらえませんか」

「分かりました、先生！」

やたらと愛想がいい男だが、人の話を聞いちゃくれない。

――先生じゃないんだよ。俺はアンサンブル止まりだったんだってば。

本音を吐いてしまいそうになる。

劇団ドリームにいたというだけで、華々しく活躍したと勘違いされているようだがそうじゃなかった。五年間在団したのは事実だが、和昭が出演したのはファミリーミュージカルばかり、しかも〃町の男〃や〃村の男〃だ。大劇場の舞台に立ったことも、役名のあるメインキャストを演じたことも一度もない。それに何より、和昭は演出だの振付だのをきちんとやったことがなかった。大学時代のサークルで真似事をしただけだ。演出なんか引き受けて大丈夫なの、と朝子は問いたかったに違いない。

この現実を知っていたら、松田専務は自分に依頼なんかしただろうか。何も言わずに黙っていたのは、やっと掴みかけた正社員の座を手放したくなかったからだ。

不安から目をそむける。脚本だって書けたんだから何とかなるさ、と自分自身に言い聞かせた。

愛想のいい文雄が駐車場へ車を取りに行けば静寂が訪れた。沈黙したまま頼子と並んでいることが気づまりで仕方ない。

「島根って初めて来たんですけど、いいところみたいですね。出雲大社はあるし、砂丘もあるし」

「いいえ、砂丘はありません！」

せっかく愛想を振りまいたのに、憤然と言い返された。何がそんなに気に障ったのか、険しい目を向けられる。

「……ってこれ、島根の自虐コピーですけれど？　砂丘は鳥取、島根と鳥取って、混同されることが多いんですよね」

あなたもですか、と言いたげな目に、和昭は返す言葉がない。頼子は小さなため息をついて顔をしかめた。やっぱりねと呆れているようだ。鳥取と勘違いされることを逆手にとった自虐的観光コピーが数年前から話題になっていると説明されたが、和昭はまるで知らなかった。

文雄の車が空港出口正面に滑り込んできた。気まずい空気のまま、頼子と後部座席に並んで座ることになった。

「先生、そばはお好きですか？」

文雄が笑顔で問い掛けてくる。

「ちょうど昼時ですけ、飯でも食べていきましょうや。出雲そばの名店がありますき」

「へえ、出雲そば」

知らなかった、と言おうとして口をつぐんだ。また叱られてしまうかもとちらりと隣りを窺うが、頼子は知らんぷりを決めこんでいる。文雄がひとり上機嫌に、出雲そば、わんこそば、戸隠そばを三大そばというのだと解説を続けていた。

「出雲そば」ののぼりが揺れる古民家ふうの店に案内され、出雲そばなら割子《わりご》そばだと勧められた。円形の平たい器に盛った三段重ねのそばが運ばれてくる。

「わ、そばが黒い」

「こっちのそばは甘皮も一緒に挽くんで、色が黒くて香りも強くなるんですわ。この器が割子で割子そばちゅうんです。一段目のそばに薬味をのせて、ツユをかけて食べておくれや」

食べ方を伝授された。もりそばのようなものだが、ツユにそばをつけるのではなく、ツユをかけるところがミソらしい。一段目を食べ終えたら残ったツユを二段目のそばにかけ、薬味と新たなツユで味を調える。三段目も同じ。足りなければおかわりができるという。

「時間があったらワイナリーにも寄ろうかと思うとったんですが」

「出雲ワイン……ですか？」

「はい。試飲もできますすき」

「へーえ」

雪深いイメージがあるが、ワインが名産とは知らなかった。思わず身を乗り出したが、頼子の冷静な声が飛んできた。

「ダメです。市民会館でスタッフの皆さんがお待ちです」

「そがだなあ。先生、またこの次ということで」

「はァ」

仕方がない。スタッフと初顔合わせなのに、酔払っていくわけにもいかない。

これから公演や明日のオーディションが行なわれる大田市民会館を見学して、夜はミュージカル実行委員会のメンバーと会食だと説明された。

「ここからおおた市まではどのくらい掛かるんですか」

「おおだ、です」

キッと頼子が顔を上げた。

「おおた、じゃなくて、おおだ、です。濁るんです」

「あ……そうでしたね」

松田専務も朝子も「おおだ」と言っていたと思い出す。失礼しました、と口の中でむにゃむにゃと言い添えた。

「頼子ちゃんは東京で働いとったけ、しっかり者なんですわ。私らもいつも叱られとります」

文雄が突き出た腹を揺すって笑い声を上げる。頼子はどうやら、市役所でもこのキャラで通っているらしい。イントネーションは微妙に違うが、標準語で話すのは東京で働いていたからだろうか。さり気なく聞いてみたが、誰だって標準語くらい話せますとあっさり否定されてしまった。

砂丘はない。そばとワインと出雲大社がある。頼子は怖い。

そっと心の中で復唱する。

車は西へ向かってひた走った。田畑と瓦屋根の一軒家が並び、その向こうには山の連なりが見える。背の高い建物がない分、空が広い。いつの間にか雨は止んでおり、厚く折り重なった雲の切れ間から日の光が射し込んできて、何だか神々しい。『古事記』に登場する数々の神話のふるさとであり、出雲大社の祭神は大国主命《おおくにぬしのみこと》だと聞いてなるほどと納得した。

「大国主命って、確かヤマタノオロチを退治するんでしたよね」

「それはスサノオノミコトです」

間髪をいれず頼子が答える。言い方がやっぱり怖い。

「えーと、だったら因幡《いなば》の白ウサギ、とか？」

「はい」

「ヤマタノオロチや因幡の白ウサギのほうが有名ですよね。そっちをミュージカルにしても良かったかもしれませんね」

「因幡は鳥取です。島根じゃありません」

またもや頼子に訂正された。

「大田は石見ですき。出雲の神話より、やっぱり石見銀山がええですわ」

文雄も頼子に加勢する。島根の東側は出雲、西側は石見だと説明された。出雲だの石見だの、一体いつの時代の話をしているのやら、どっちも同じ島根じゃないかと首を傾げる。その辺りのこだわりがどうにもよく分からない。

車は峠に差しかかり、やがて再び視界が開けた。

「わっ、すげえ」

右手一面に日本海が広がっている。深い藍色の海に白い波しぶきが立ち上がり、凛とした光景に目が引き寄せられた。反対側を振り返れば山の斜面が迫っている。映画のロケにでも使えそうな可愛い駅舎も目に入った。海と山、ふたつを一度に満喫できる絶景だ。道が再び内陸に向かってしまうことが何とも惜しくてたまらない。生まれも育ちも東京で、いわゆる故郷というものを持たない分、田舎暮らしもいいんじゃないかと思えてきた。そうさ、きっと大丈夫、劇団にいたキャリアはダテじゃない。上手くいくさとくすぶっている不安から目をそらす……。

車はやがて、大田市役所にほど近い大田市民会館に到着した。空港近くのそば店から一時間余り、けれども信号で停まることがほとんどない一時間だった。渋滞に巻き込まれてばかりの東京じゃ考えられないような道路事情だ。

市民会館の前にはよく手入れされた芝生の庭が広がっていた。これもまた、東京じゃ考えられないような贅沢な土地の使い方だ。会館そのものはちょっと古びた印象も受けるが、三年前に耐震改修工事をしたばかりだという。隣接した四階建ての建物には集会室や音楽室があって、市民活動の拠点になっているらしい。一階の喫茶室からは美味しそうなカレーの香りが漂っていた。

「先生をお連れしたで」

文雄が会館事務所に声を掛けると、高校生じゃないかと思えるような男の子がパッと立ち上がった。

「お待ちしていました。皆さんに伝えてきます」

事務所奥のドアから飛び出していく。この四月から正式に会館職員となる新人クンだそうだ。なんとも初々しい。

「じゃあ先生、あとはよろしく頼みますわ」

「はいィ？」

文雄は自分の役目は終わったとばかりに、さっさと市役所へ引きあげていく。おいおい、丸投げかよ。不意に松田専務を思い出した。やっぱり兄弟、よく似ている。

「まったくもう。私だって銀山課の仕事をせんといけんのに」

頼子が頬を膨らませる。どうやらミュージカルはいきなり押しつけられた仕事のようだ。さっきから愛想がないのはそのためだろうか。

小さなため息をつくと、頼子は和昭を振り返った。

「それじゃ館内をご案内します。技術スタッフの皆さんがホールでお待ちみたいですから」

頼子はさっさと歩き出した。コーヒー一杯飲めないままだが、ついていくしかない。

「ここが大ホールです」

集まっていたスタッフに挨拶して、ステージに足を踏み入れた。

セットも何もない舞台は広い。ライトに照らされ、板敷きの床が白く光っている。間口十八メートル、奥行き十三メートルと説明され、間口十間《じゅっけん》、奥行きが約七間と頭の中で換算した。舞台では尺貫法を使うのでそのほうがピンとくる。十間間口、ファミリーミュージカルで関東近郊公演に回ったときにはそんな広さの会館が多かったはずだ。でもセットが組まれていないためか、ずっと広く見える。ミュージカルやコンサート、講演会など、さまざまな目的に使用できるように作られたタイプの大ホールだ。

パン！　と手を叩けば心地よい響きが返ってくる。

センターに歩み出て、なだらかなスロープになった客席を見上げた。千余りの赤い布張りの座席が行儀よく並んでいる。満杯になればさぞ圧巻だろう。ざわめいた客席がしんと静まり返る開演の瞬間を思い出す。

こんなふうに舞台の中央に立って演じるのが夢だったのに。不意に寂しさがこみ上げてきた。叶わなかった夢だ。きっぱりとあきらめたはずだったのに、こんな形でまた舞台に戻ってくるなんて皮肉なものだ。

「改修工事のときに、照明も音響も新しい機材に更新したけ」

四十代の技術スタッフが胸を張って説明する。もっともらしい顔をしてうなずいてみせるが、具体的な設備の話は難しくてよく分からない。大学時代はたいした機材を使っていなかったし、劇団に入ってからはスタッフワークとは無縁だった。

「ムービングは八台だがァ、足りるかね？」

「そうですね、立ち稽古してからの相談かと」

「他にウォッシュタイプが六台あるけ」

ムービングが動くタイプの照明機材だということは分かるがそこまでだ。ウォッシュタイプって一体なんだ？　どこの会館にもひとりはいる職人カタギのスタッフさんのようで、バカにされるのではと思うと質問もできない。ボロが出ないうちに早く立ち去ったほうがいい。

「楽屋はどうなってます？　見せてもらえるかな」

「はい、こちらです」

新人クンと頼子が案内してくれた楽屋はふたつしかなかった。どう詰め込んでも十人が限界だろう。

「……出演者、三十人くらいかなって考えてるんだよね。これじゃ楽屋が足りないんだけど」

「隣りの中ホールを使えば大丈夫です。いつもそうしていますから」

事もなげに頼子が答えた。そうか、そういうものなのか。もうひとつホールがあるなんてたいしたものだと思いつつ、早速案内してもらった。

「ここです」

「これがホール？」

和昭は目を丸くした。木目の壁は風情があるが、会議室をだだっ広くしたような部屋にしか見えない。床だって、これは塩ビシートじゃないだろうか。けれども頼子からは、ダンスができるよう床にはクッション材が仕込んであるし、照明を吊すためのバトンだって四本あると反論された。ミニコンサートなどに使用されており、二百人を収容することができるという。

「でもさ、ここを楽屋にするっていっても化粧前がないいんだけど」

「化粧前って何ですか」

「えーと」

改めて聞かれると何と言って説明すればいいか分からない。

「鏡台みたいな、メイクするスペースっていうか。メイクするには鏡だって必要だし」

「長テーブルを並べて、スタンドミラーを入れます。あとは自分の鏡を使ってもらえば」

「それで大丈夫なのかな」

「劇団ドリームもそうしたって聞きましたけど」

古巣の名前を持ち出されては黙るしかない。いつもそうしているというのなら任せてしまえばいいだろう。


事務所に戻って、改めて技術スタッフを紹介された。市民会館と、川向こうにあるサンレディー大田というホールから二名ずつ、総勢四名だ。次々と名刺を差し出されるが、和昭はもらう一方だ。新人クンまで作ってもらったばかりだという名刺を嬉しそうに差し出してきた。

「大国洋二です、よろしくお願いします！」

元気いっぱいの挨拶だ。小国というのもよくある名字ではないが、大国という名字は初めて聞いた。大国主命に由来でもするんだろうか。さすが神話のふるさとだ。

「飛行機が引き返さなくて良かったですなァ」

一番年長の、四十代のスタッフがコーヒーをすすりながら話し掛けてきた。渡されたばかりの四枚の名刺を盗み見る。確か会館スタッフの伊藤茂、四人のリーダー格のようだ。

「そんなにすごい雨だったんですか」

さっきも同じようなことを言われなかったかと問い返せば、いやいや、と伊藤が首を振った。

「出雲空港は滑走路も短いし、天気が悪いと引き返してしまうことが多いんですわ」

計器着陸がどうの、角度ビームがどうのという説明をされるがよく分からない。天候が悪いと滑走路への進入角度の確認がとりにくいということらしい。

「前にコンサートがあったんですがね」

伊藤は数年前にヒット曲を出した歌手の名前を口にした。

「セットも照明も全部仕込んで待っとったのに、視界不良で飛行機が大阪に引き返してしもうてなァ。コンサートは中止、本番のないまま全部バラさんといけんかった。あンときはやれんかったがァ」

仕込んだものをそのままバラす。そりゃあさぞ空しかったろう。

コーヒーを配り終えた頼子が、今度は進行表を配って説明を始めた。

「明日のオーディションは九時から、子どもたちの部から始めます」

いよいよ、だ。歌唱審査は聞いていればいいが、ダンスの審査では振付をしなければならない。ファミリーミュージカルで踊っていたナンバーを手直しして使おうと準備してきた。大丈夫、と言い聞かせる。

「応募者は何人なんですか」

「大人と子どもを合わせて百五十六人です」

「へーえ、そがにたくさんの応募があったんだァ」

伊藤が目を丸くするが、多いのか少ないのかどうもよく分からない。劇団のオーディションを受けたときにはもっと大勢いたと思うが、市民ミュージカルにしては多いのだろうか。

打合せがさっくり終わると、頼子が分厚いファイルを差し出してきた。年齢や身長、応募理由などを書いた百五十六人分の写真付き応募用紙が綴じられている。

「これ、明日までに見ておいてほしいそうです」

「……分かりました」

夜の会食までにはまだ時間があるという。それならいまのうちに見ておこう。少し息抜きもしたくなった。

「マックかスタバにでも行ってこようかな」

何気なく呟くと、素っ気ない答えが返ってきた。

「大田にマクドナルドはありませんよ。スタバもないです。どっちも出雲か松江まで行かないと」

「はいぃ〜？」

声がひっくり返った。マックもない。スタバもない。どちらかひとつは当然あるものだと思っていたのに。隣りの喫茶室も今日は早や仕舞いしたという。

「コーヒー、淹れ直しましょうか」

「……お願いします」

空いている事務机を借りて、ファイルに目を通すことにした。何かの発送業務をしている職員が二人と、先ほど紹介された技術スタッフが出たり入ったりするだけの小さな事務所だ。何だかずい分のんびりとした時間が流れているような気がする。

熱いコーヒーをすすってファイルを開いた。小学生から、学年の小さい順に応募用紙が綴じられていた。緊張した顔で気をつけをしている写真もあれば、ピースをしている写真もある。学年の小さい子は保護者が必要事項を記入しているケースが多く、「歌が好きです」などと応募理由が代筆されている。

ぱらりと用紙をめくると、たどたどしい大きな文字が目に飛び込んできた。

『自分をかえてみたくておうぼしました』

胸をつかれた。

――出演したい人。

――はいっ！

勇気をふりしぼって手を上げた遠い日が思い浮かぶ。あのとき確かに、何かが変わると信じていた。いままでと違う自分になりたかった。

はにかんだような笑顔に自分が重なる。小学五年生の男の子だった。自分の部屋で撮った写真だろうか、後ろにアニメのポスターが写っている。

百五十六人分のファイルが、急にずっしりと重く感じられた。応募者たちは何を求めて、オーディションを受けることにしたんだろう。あの日の自分のように、ひとりひとりが〝何か〟を期待しているはずだ。その期待に応えることができるんだろうか。

責任が肩にのしかかってくる。正社員になれるからなんて理由で安請け合いした自分に、一体何ができるんだろう？

「そろそろ会食の時間です」

五時を回った頃に呼びに来られ、頼子の運転する車の助手席に乗り込んだ。何だか今日一日、車に乗ってばかりいる。

ふと窓の外に目を向けると、列車が走る姿が見えた。

「え、二輌編成？」

思わず声が出た。まるで世田谷線じゃないか。目を丸くした和昭に、頼子があっさりうなずいた。

「ええ、最近は二輌運用が増えました」

「……もしかして、前は一輌の電車だったとか？」

「電車じゃありません。ディーゼルカーです」

電力ではなく、ディーゼルエンジンで動いているという。線路を走っていればみんな電車だと思っていたのに違うのか。何だか知らないことばかりだ。

砂利を敷きつめた駐車場に車を停めて、細い通りへ入っていく。ここは昭和かと問い掛けたくなるような木造の飲食店の並びに寿司屋があった。小さいがどこか風格のある店構えだ。ガラガラと引き戸を開けると文雄がいた。

「お待ちしていました、先生！」

靴を脱いで階段を上がり、すぐさま二階の座敷へ案内された。

「先生がお見えになりました」

「え……？」

濃紺やダークグレイのスーツにネクタイ、白髪まじりの男たちがずらりと正座して待っていた。芝居の稽古をしに来たんだからと、ジーパンにスウェットシャツというラフな格好をしてきたことにいたたまれない気分になる。上座なんかに案内しないでほしい。

「先生、東京からはるばる、ようこそお越しくださいました」

教育次長だの産業振興室長だの、ご大層な肩書きの面々から次々と名刺を渡される。

「すみません、名刺を持っていないんです」

今日一日で何度同じ言葉をくり返し、何枚の名刺をもらったことだろう。もう誰が誰だか分からない。スーツにネクタイ、白髪まじりの初老の男性。みんな同じ顔に見えてくる。掛け軸の飾られた床の間つきの座敷にふさわしくないのは自分ひとりに違いない。

「先生、ちょこっとお聞きしたいんですが」

「はい、なんでしょう」

名前の分からない誰かがとっくりを差し出してきた。ありがたく頂戴する。平静を装ってはいるが、答えられないような専門的なことを聞かれたらどうしようとどぎまぎした。この際「先生」と呼んでもらったほうが、少しは威厳を保てるんじゃないかという気になってきた。

「先生、大田でミュージカルを創るって、本当にできるんですか？」

「はいィ？」

男の顔をまじまじと見つめた。いまさら何を言ってるんだ、こいつは。大田でミュージカルを創りたいっていうから、わざわざここまで来たんじゃないか。

「そがなこと、大田には無理じゃないですか？　松江や出雲が創ったミュージカルがあるけ、それを使わせてもろうたらどがでしょうね」

「ああ、ヤマタノオロチのミュージカルがあったっけなあ」

別の白髪頭が大きくうなずく。

「本当に、大田にできるんですか？」

重ねて問われた。

本当に、おまえにできるのか。

そう聞こえた。本当に俺にできるんだろうかと不安が渦巻いていたせいだろうか。耳をそばだてている男たちが、おまえにはできないと言っているような気がした。あんなに必死に資料を読み、幾晩も徹夜して台本を書き上げたのに。あんなに必死に頑張ったのに。

『ブレーメンの音楽隊』のキャスティングオーディションを思い出す。あのときも同じだ。幾晩もひとりで稽古場に残って自主稽古を重ねた、それなのに。

——無理だな、おまえにはできない。

努力は報われずに終わってしまった。今度もまた、認められずに終わるんだろうか。そんなのはもうイヤだ。

「できます」

思わず答えてしまっていた。

ほう、ととっくりを手にした男が目を細めた。この男を納得させなくては。大田に来る途中で聞いたばかりの理屈が頭をよぎった。

「ヤマタノオロチは出雲の神話なんですよね。ここは石見で、石見銀山があるじゃないですか。大田は大田のミュージカルを創りましょうよ。任せてください」

「先生がこう言うてごいちゃるき、お任せすればいいが」

文雄がすかさず拍手をした。

――大丈夫なの？

朝子の問い掛けがよみがえる。演出も振付も経験がないのに、引き受けて大丈夫なの？　そう尋ねていたに違いない。

もしかして、とんでもない大見得を切ってしまったんじゃないだろうか。断るならいまが最後のチャンスだったかもしれないのに。

どっと後悔が押し寄せてきたが、白髪頭が一斉に拍手をしている。

もういまさら後へはひけない――。

第三章　いざオーディション！

　翌朝八時半。和昭は文雄の車で市民会館へやってきた。

「取材の記者さんも来ることになっとるんですよ。よろしくお願いしますわ」

　文雄はやたらと張り切っている。

　楽屋代わりの会議室に案内されてウォーミングアップを始めた。昨日から車に乗ってばかりだから、体がなまっているような気がしてならない。音楽を聞きながら、初心者向けにアレンジした振付を確認する。任せてくださいと豪語した手前、みっともないところは見せられなかった。

　ノックの音がして、頼子が顔を覗かせた。

「オーディションが始まるまえに、ご紹介しておきたいんですけれど」

　頼子の後ろから三十代半ばくらいの女性がふたりと、もう少し年配の男性が入ってきた。歌唱指導の藤井令子、振付助手の木村香澄、作曲の川上雅也と紹介される。令子は小学校の音楽教師、香澄は保育園の先生、川上は音大作曲科出身の高校教師だという。令子はロングヘアで背が高く、香澄はショートヘアで小柄だ。よし、これなら覚えられそうだ。

「テーマ曲を作ってきましたけ、聞いてもらえますか」

長髪気味の髪をかきあげながら、川上がせかせかとパソコンを立ち上げた。

「えっ、もう作曲が進んでいるんですか」

「今日までに一曲は作ってほしいって、室長さんに言われたんですが」

そんな話、聞いてない。打合せも何もしていないのに、イメージとまるで違ったらどうしようかと心配したが、パソコンからはきれいなメロディが流れてきた。テーマ曲の『白い鳥よ』だ。銀の里には守り神といわれる白い鳥がいる。村人たちが一日も早く戦が終わるよう、白い鳥に願いを込めて歌うナンバーだ。

「いいですね。イメージにぴったりだ」

「でしょう？」

川上が胸を張る。

「三部合唱にしましたが、それでいいですか」

「えーと」

「大丈夫だと思います」

横合いから返事があった。ロングヘア、つまりこれは歌唱指導の令子だ。令子はハイヒール、和昭はダンスシューズ、隣りに並ばれるとほとんど同じ背の高さになってしまうことが口惜しい。

「大田は合唱が盛んなんですよ。コーラスグループのメンバーもよう け受けに来てだし、問題ないと思います」

「そうですか、それじゃ三声で」

「白い鳥って鶴のことなんですか」

　ショートヘアが目をくりくりさせて問い掛けてきた。振付助手の香澄だ。確か本で読んだぞと記憶をたどる。

「えーと、伝承では鶴って言われています。でもコウノトリじゃなかったのかって説もあるそうです」

「へーえ」

　香澄と令子の声がハモッた。

なんだ、地元の人も知らないのかとちょっと得意な気分になる。余裕が生まれて、川上にもオーダーを出した。

「これ、一コーラスめと二コーラスめの間に間奏がほしいんですよね。十六小節くらいかな」

「わかりました」

「それから白い鳥のダンスでも、このメロディを使いたいんですけど」

「もう時間です」

頼子の声にさえぎられた。

「打合せはオーディションが終わってからにしてください。行きましょう」

くるりと背を向けた頼子のあとをぞろぞろとついていく。大ホールのロビーから客席に入ると、中通路に長テーブルが置かれて審査員席がしつらえられていた。

ステージにはすでに明るい照明が当たっている。いよいよ始まる。

客席前方に子どもたちが座っている姿が見えた。ダンスの審査から始まるので、すでに体操服やジャージーに着替えている。四月からの学年で、小学三年生から高校三年生になる百二人だ。けれどもおしゃべりの声はほとんど聞こえない。不安そうにきょろきょろと辺りを見回すだけだ。みんな緊張しているのだろうか。そう思った途端、手にじっとりと汗がにじんできた。まずい、子どもたちの緊張が移ってしまったようだ。

舞台上にハンドマイクを手にした文雄が現れた。

「おはようございます。これから合併十周年記念事業ミュージカル『石見銀山物語』のオーディションを始めたいと思います」

人前で話し慣れているのか、文雄は落ち着いた態度で進行していく。よそいきの言葉づかいが新鮮だ。

「初めに審査員の先生方をご紹介します。みんな、後ろを向いてごす?」

百二人の子どもたちが一斉に振り返る。

「演出と振付は小国和昭先生です。大田のミュージカルのために、東京からわざわざ来てくれました」

「よろしくお願いします」

立ち上がってお辞儀をしながら、また「東京から」かよとため息をつきたくなった。昨日から何度このセリフを聞いただろう。これじゃまるで、東京から来た先生であれば誰でも良かったみたいじゃないか。いや、実際のところはそうかもしれない。「小国和昭」なんて誰も知らない。東京から来た、劇団ドリームにいた、評価されるのはそこしかない。

文雄は続いて川上たちを紹介すると、にこやかに言い放った。

「では小国先生、一言ご挨拶をお願いします」

「え……」

挨拶するなんて聞いていない。いきなり言われても困る。

「えーと」

立ち上がってハンドマイクを握ったが、言葉が出ない。こんなとき何を言えばいいのだろう。劇団のオーディションを受けたときはどうだったかと記憶を探る。演出家の挨拶なんてあっただろうか。

客席前方から子どもたちが、左右の席からは川上たちがじっと和昭を見つめていた。

「えーと、時間がないので挨拶より振付を始めたいと思います。舞台の上に上がってください」

逃げることにした。ほかの審査員たちは学校や保育園の先生だと紹介された。続けて挨拶されたらかなうはずがない。

テーブルの上に置いてあったペットボトルの水を飲み、落ちつけと言い聞かせた。肩をぐるぐる回して、振付に備えて体をほぐしている振りをする。

　子どもたちが階段を上がってぞろぞろと舞台に移動した。誘導しているのは新人クンの大国ともう一人、名前の分からないスタッフだ。昨日紹介されたばかりなのにまずい。劇団時代にスタッフの名前を覚えていなくてこっぴどく叱られたことを思い出し、さらに心拍数がはね上がった。

整列した子どもたちがじっと和昭を見つめている。自分の指示を待っているのだと気づいて、慌ててハンドマイクを握り直した。

「えーと」

また「えーと」だ。よどみなく進行していた文雄に差をつけられてしまったようで、自分に舌打ちしたくなる。落ち着け、ともう一度大きく息を吸った。

「人数が多いので、最初に中学生と高校生から振付します。小学生はいったん上手袖《かみて》にハケてください」

指示を出したが、誰も動こうとしない。

ん？　なんだ、どうしたと慌てていると、頼子が駆け寄ってきた。

「上手袖って何ですか。分かるようにしゃべってください」

いつも当たり前のように使っていた言葉が通じないとは思わなかった。

「えーと、上手っていうのは舞台に立ってこっちを見ているみんなの左側のことを言います。右側が下手《しもて》」

「へーえ」

すぐ隣りで声が上がる。ロングヘア、つまり歌唱指導の令子だ。

「舞台の両側にスペースがあるよね？　そこが舞台袖、袖ともいいます。上手袖っていうのはみんなの左側にあるスペースのこと。分かったかな？」

子どもたちは口の中で何かもごもご言いながら、曖昧にうなずく。分かったことにしよう。

「じゃあ、小学生は上手袖にハケて」

「ハケて、って何ですか」

またもや背後の頼子からチェックが入る。

「……ハケるっていうのは引っ込むってこと。小学生は上手袖にハケてください」

新人クンが大きな声で誘導して、ようやく小学生たちがのろのろと歩き出した。始まる前から疲れてしまった感じだが、そんなことを言ってる場合ではない。

気を取り直して舞台の上に駆け上がると、カウントをとりながら振付を始めた。

「ワン・エンド・トゥー、ワンで両手をアップ、下ろして開く、スリーでターン」

アップさせた両腕のひじが曲がっている、下ろしてパッと開く動きに切れがない、ターンをすればふらつく、ステップを間違える……。もたつく子どもたちが多い中で、ひとり目をひく女の子がいた。五十二番。ひょろりと手足が長くて、振付の覚えが早い。ポーズが決まっているし、ステップも軽やかだ。それから六十三番の男の子。ダンスは初めてのようだがのみこみが早いし、何よりもイケメンだ。

中学生、高校生たちは何とか予定通りに振付を終えたが、小学生はそういうわけにいかなかった。右からステップと言っているのに、左に踏み出す子までいる。

「まず右足、次の左足は後ろに踏み込んで」

小さい子たちに丁寧に教えている上級生がいると思ったが、よく見たら香澄だった。いつの間にかトレーナーに着替えて、フォローしてくれている。

客席でカメラのフラッシュが光った。文雄の言っていた取材の記者が来ているようだ。同じ振付なのにポーズはバラバラ、表情は硬く、下を向いている子どもも多い。

振付を間違えて棒立ちになってしまう子までいる。こんなろくに踊れない状況を取材されていいのだろうかと、気持ちが焦る。

「ターンのできない子はしなくていいから。右手を突き上げてポーズ！」

予定していた振付を変更する。三十二小節を振り付けるつもりだったけれど、とてもムリだと判断した。二十四小節目でポーズをとらせて無理矢理終わらせる。もう汗だくだ。

「それじゃ音楽に合わせて踊ってみようか。……ファイブ・シックス・セブン・エイト」

踊り出しのためのカウントをとるが、誰も動かない。音楽に合わせて自分でカウントをとるということが難しいらしい。

「ワン・トゥー・スリー・フォー、トゥー・トゥー・スリー・フォー……」

四人一組のダンスの審査の間中、和昭はマイクでカウントをとり続けることになった。何のために音楽を流しているのか、よく分からない。センター前面で香澄が踊り、それを見ながら子どもたちが踊るという形にして、ようやくダンス審査が終了した。

「お疲れ様です」

中学生や高校生たちからも前で踊ってほしいと要望があり、二十六回も踊る結果になった香澄に頭を下げる。

「いいえ、大丈夫です」

笑顔で答えてくれたことにほっとした。

「それよりどうですか？　メンバーは揃いそうですか」

「うーん、ダンスがメインなのは白い鳥と敵兵なんですよ。村の女たちは芝居と歌ができてくれれば何とかなるから」

「芝居の審査ってどがするんですか？」

「あ……！」

令子に指摘されて気がついた。セリフの審査がない。自分がオーディションを受けたときはどうだったろう。確か歌を歌ったあとでセリフの審査があったはずだ。

「そいじゃ次に、歌唱審査を始めます」

「待ってください！」

進行役の文雄を慌てて止めた。何事かと頼子が駆け寄ってくる。『石見銀山物語』の台本を大急ぎでめくり、目についたつうと矢吉のセリフに丸をつけた。

「このセリフ、コピーして配ってもらえるかな。つうが女の子用、矢吉が男の子用、歌を聞いたあとにセリフの審査をするから」

「分かりました」

頼子が事務所へ飛び出していく。まったく、なんていうドタバタ振りだ。審査されたことはあっても、審査するのは初めてという経験のなさを見抜かれたんじゃないだろうか。ひやひやしながら令子の顔を窺った。

「大変なんですねえ、オーディションって」

屈託ない笑顔が返ってくる。本当だろうか。その向こうで香澄が大きくうなずいた。

「振付にこがに時間が掛かるとは思わんかったなァ。先生の言うちゃった通り、早く始めて正解でしたね」

「ええ、まあ」

挨拶の言葉が思い浮かばなかっただけだが、怪我の功名というヤツだろうか。そういうことにしておこう。

課題セリフを配り終えた頼子が、和昭の真後ろに腰を下ろした。どうやら傍に張りついてフォローすることに決めたらしい。

「メインの稽古は土日ですけど、参加できるかどうか確かめたほうがいいんじゃないですか。部活や習いごとが忙しい子もいますから」

「……そうですね」

もっともな指摘を受け、歌とセリフを聞いたあとでスケジュールを確認することにした。

歌唱審査の課題曲は『線路は続くよどこまでも』だ。テンポのいい曲なのに、うつむいて小さい声しか出せない子どもが多い。

「顔を上げて。もっと大きな声で歌おう」

ハンドマイクで何度も呼びかけるが、舞台の上で歌うのが恥ずかしいのか声が出ない。何十人目かでようやく、元気いっぱいに歌う男の子が現れた。小学四年生。高音はふらついてるし、セリフは棒読みだが、あふれんばかりのパワーがいい。

「きみ、土日は稽古に出られるかな？」

「ダメです！」

大きな声で否定された。

「土日もほかの日も、サッカーの練習があるからダメです！」

何だかやたらと嬉しそうだ。どうやらミュージカルの稽古よりサッカーの練習をしたいらしい。

「だったらなんでオーディション受けるんだよ」

がっくりして座席に沈み込むと、背後から頼子の返事が聞こえてきた。

「室長さんが小学校を回ったんです。せっかくのチャンスだからチャレンジしてみろって」

文雄は愛想が良くて調子もいいがあとは丸投げ、丸投げされた頼子はおっかないけれどあまりに有能ということか。一体誰がミュージカルをやろうなんて言い出したんだろう。

百二回も『線路は続くよどこまでも』を聞き、ようやく子どもの部が終了した。用意された弁当を食べている間も、歌がぐるぐると頭の中をリピートしている。

台本を書き上げたばかりの頃、オーディションの課題曲はこれでいいですかとメールがきた。よく考えもせず構いませんと返信したが、自由曲か、二、三曲の課題曲の中から選ばせる形にするべきだった。後悔するがもう遅い。百五十六人の応募者、やっぱり多かったようだ。

大人の部の課題曲は『ふるさと』だ。子どもより人数が少ないとはいえ、五十四回も聞かなきゃならないのかと覚悟を決める。

「こがに若くてカッコいい先生が来ちゃるとは思わんかったわあ」

食後のコーヒーを飲みながら、ロングヘアが口を開いた。歌唱指導の令子、ともう一度復唱する。カッコいい先生、若い女の子でないのが残念だが、思わずニヤついてしまいそうになる。

「いやあ、そんなことないですよ」

令子はぶんぶんと首を振った。

「東京の先生って、ベレー帽にパイプくわえてるか、背中にセーターひっかけてるってイメージだったわ」

なんだそれは。一昔前の漫画家か、テレビドラマに出てきたプロデューサーと間違えてるんじゃないだろうか、持ち上げられた分、がっかりした。

「先生、劇団ドリームにおってだったんでしょ。どんな作品に出とられたんですか」

香澄の問い掛けにぎくりとした。香澄も令子も身を乗り出すようにして和昭の返事を待っている。こんなとき誰もが知っているようなロングランミュージカルの作品名を口に出せたらどれほどいいだろう。ふたりともそれを望んでいる。でも届かなかった夢だ。

「……いろいろですよ。劇団ドリームはレパートリーが多いから、いろんな作品を稽古しなきゃならなくて大変だった」

「へーえ」

香澄と令子の声がハモる。それで、と令子が質問を重ねようとしたとき、弁当箱を片付けていた頼子が振り返った。

「そろそろ時間です。客席へお願いします」

「分かりました。先生方、午後もよろしくお願いします」

まっ先に立ち上がる。追及をかわせてほっとした。

午後の部の大人は高校を卒業したばかりの十八歳から七十三歳だった。七十三歳、和昭の母親より十歳以上も年上だ。肩こりがするの腰が痛いの、何かと文句の多くなった母を思えば、七十三歳でミュージカルに挑戦するなんてすごい。

最初の八小節を振り付けたところで、和昭は応募者に向き直った。

「えーと、それじゃふたつのグループに分けますね。後半の振付はグループごとに少し変えます」

動けるグループと動けないグループだ。大人の部の応募者は五十代を中心とした女性たちだ。村の女たちに配役するならリズム感があるかどうかをチェックできればそれでいい。男性と十代二十代を中心とした動けるグループにはちょっと難しいステップやピルエットを、動けないグループには簡単なステップを振り付けることにした。

——少し慣れてきたかも。なかなかやるじゃん。

誰も褒めてくれるはずがないから、自画自賛しておく。

ダンスの審査のあとは五十四回の『ふるさと』の始まりだ。今度は受付の段階で課題セリフを渡してもらってあるから、ドタバタすることもない。

午前中に比べれば午後はつつがなく進行し、これならやっていけるかもとちょっと自信を取り戻した。

予定より三十分ばかり押してしまったが、五時半には大人の部も終了した。あとは合格者を決めれば長い一日が無事に終わる。話し合いをするために集会室に移動して、全員が揃うのを待った。

私服に着替えてきた香澄が席につくなり口を開いた。

「何人くらい合格にするんですか」

「えーと。白い鳥が十人、敵兵が十人、村の女と子どもたちで二十人が目安かな。それからつうと矢吉ですね」

「今日、配役も決めちゃるんですか」

今度は令子が質問する。

「えーと、そうですね」

考えていなかったが、今日のオーディションだけで配役を決めるなんてとても無理だ。芝居ができるのかどうか、もう少しちゃんと見たいし、ソロが歌えるかどうかも確認したい。

「配役は何日か稽古をしてから決めましょう。今日はとりあえず、踊れる人二十人、芝居や歌が良かった人二十人って感じかな」

「はい」

香澄と令子が揃ってうなずく。

頼子がコーヒーを配り終えたところへ、文雄がにこやかに入ってきた。

「盛況で何よりだったがァ。取材もようけ来てごいたし。先生、お疲れ様でしたに」

「いえ、そんな」

すっかり先生と呼ばれ慣れてきた。

「ところで先生、ひとつご相談があるんですがな。全員合格ちゅうわけにはいきませんかいね」

「百五十六人、全員をですか」

まじまじと文雄を見つめたが、大真面目な顔でうなずかれた。

「ムリですよ、そんな。セットだって組むんですよ。身動きがとれなくなります」

「ほいでも、せっかく受けに来てくれたのに落とすのは可哀想だき」

小学校を回って子どもたちをたきつけたのはあんたじゃないかと言いたくなる。でも……。

何十通も送られてきた「お祈りメール」が思い浮かんだ。誰も俺を必要としていないんだというあの挫折感。どうして認めてもらえないのか分からない悔しさ。あんな思いを今度は自分がさせるのだろうか。だったらいっそ、全員合格にしたほうがいいのだろうかと心が揺らぐ。

「どがあなかいね、先生」

「そうですね……」

「そんなの、おかしいと思います」

声を上げたのは頼子だった。まっすぐな目を文雄に向けている。

「全員合格にするなら、今日のオーディションはなんだったんですか。審査なんて、必要なかったじゃないですか」

「そら、そがだけどなァ」

「全員必要なら全員合格でもいいと思います。でも必要じゃないのに合格にするなんて、その人に対しても失礼だと思います」

そうだ、頼子の言う通りだ。無理をして合格にしても、きっとその人には居場所がない。何のためにここにいるんだろうとやり甲斐を感じられずに終わるだけだ。必要としている振りをして合格にするなんてまやかしだ。

「先生、どがしますかね」

みんなの目が一斉に和昭に向けられた。そんな重大なことを決断しなければいけないのだろうか。誰か代わりに決めてほしい。でも稽古を進行するのは和昭だ。誰もが和昭の返事を待っている。

「……現実問題として、百五十六人は無理です。せめて半分にしぼらせてください。それなら何とかなると思います」

合格者はきっかり半分の七十八人とした。それでも最初に考えていた人数のほぼ倍だ。

応募用紙を合格者と不合格者に分ける。不合格者はどんな思いで通知を受け取るんだろう。左足からステップを踏み出すのが苦手な子がいた。途中で歌詞を間違えてやり直した子もいた。それからサッカー少年だ。あの子はこれでサッカーができると喜ぶだろうが、ほかの子はどうなんだろう。何か夢中になれることを見つけてほしいと、祈りたくなるような気持ちになる。

「お祈りメール」、上っ面だけの言葉かと思っていたが違ったのだろうか。人を選ぶという作業はこんなにも大変だった。全員の希望を叶えることなどできやしない。現実は残酷だ。

また不安が募ってきた。今度は配役を決めなければならない。そしてこれから、七十八人なんて大人数を率いていかなければならないのだ。四十人でも多いかと思っていたのに目まいがしそうだ。

戸惑うことばかりだった今日一日のできごとが襲いかかる。この先どんな思いも寄らないことが待ち受けているんだろう。半年間「先生」の振りを続けていけるのだろうか。もう逃げ出してしまいたい。

——逃げるのか。

劇団を退めると告げたとき、演出家に言われた一言がよみがえった。違います、別の道に進もうと思うんですと言い返したが嘘だった。いつまで経っても〝町の男〟でしかないことがやり切れなかった。後輩にも抜かされ、どんなに頑張っても報われない現実から逃げ出した。でも逃げた先に何が待っていただろう。ミュージカルをしていたヤツを必要とする会社なんかないという現実だ。

いまここを逃げ出しても何もない。ここで踏ん張るしか道はない。

すべては正社員になるためだ。「先生」の仮面をかぶり続けていかなくては。

第四章　そして稽古が始まった

松田専務の実家である文雄の家は確かに部屋数が多かった。床の間つきの客間もあれば、仏壇が鎮座する和室もある。家屋の横には家庭菜園とは言い切れないほどの畑も広がっていた。松田兄弟の母である春枝が白菜だの長ねぎだのにんじんだのを育てているという。春枝は七十を過ぎているというのに元気だ。小柄な体で、朝から晩までくるくるとよく働く。

文雄にはふたりの子どもがいるということだが、娘は就職、息子は大学進学で大阪と広島に出て行ったため、いまこの広い家に暮らしているのは文雄夫妻と春枝の三人だ。文雄が市役所へ、妻の典子がパートへ出掛けてしまえば家の中はひっそりと静まり返る。

和昭に割り当てられたのは三部屋もある二階の一室で、かつては松田専務の部屋だったという。傷あとの残る勉強机を好きに使っていいと言われるが、どうにも恐れ多い。布団を上げ下ろしする生活も、雨戸のある部屋も新鮮だった。

明日から始まる稽古を前に、和昭は軽い緊張感に包まれていた。子どもたちが春休みの間に、と組まれた三日間の稽古だ。この三日で配役を決めたい。そのためにはどうしたらいいのか、ああでもない、こうでもないと何度も練り直して、ようやく稽古スケジュールが完成した。これまでは言われたことに従って稽古していればそれで良かった。でも明日からはそうはいかない。和昭が号令をかけなければならないのだ。

「お昼ご飯にしましょうやな」

春枝が呼びに来た。

「あ、ありがとうございます」

上げ膳、据え膳の毎日だ。食卓にはチャーハンと味噌汁が並んでいた。

「残りもので悪いですがの」

「いえ、とんでもない」

春枝と向かい合って食卓につく。開け放した窓から春風がそよぎ、春枝の柔らかな白髪が波打っている。四月に入り、暖かな陽気が続いていた。窓の外に目を向ければ、緑に色づきはじめた山々が連なっていた。

「あれが石見銀山ですか」

「いいやの、ありゃあ三瓶山《さんべさん》」

聞き覚えがあった。松田専務に渡された本の中には石見銀山と三瓶山の伝承をとりまとめたものもあった。

「えーと。池にまつわる悲恋物語がありましたよね、確か」

「ほう、よう知っとってだね」

りりしい青年に変身した大蛇《おろち》に恋をした姫の浮布池《うきぬののいけ》の伝承、山賊に連れていかれそうになった長者の娘と恋人をめぐる姫逃池《ひめのがいけ》の伝承があった。どちらもミュージカルになりそうな話で、これが石見銀山の話なら良かったのにと思ったものだ。

「石見銀山のお芝居を創るゆうて聞いたき、イモ代官さまの話かと思うとったんだがァ」

「いや、それは」

春枝の言葉に苦笑する。飢饉に苦しむ村人たちを助けようとイモを植えることを推し進め、村人たちから「イモ代官さま」と慕われた代官がいたらしい。食べるものがなくなったとき、罰せられることを承知で蔵を開き、幕府に納めるべき米を村人たちに分け与えたという〝いい話〟だ。でもなあ、と思う。クライマックスは代官を慕う村人たちのコーラスになるんだろうが、どんな歌になるんだろう、サビで「イモ代官さま」と歌い上げるんだろうかと考えたところで止まってしまった。イモとミュージカル、イモには悪いが、イメージが膨らまなかった。

「新聞にもあがに大きゅう取り上げられて、楽しみにしとりますけな」

「はァ」

かすかに胸が痛む。

オーディションの翌日、新聞に記事が載ったと切り抜きを渡されたときには、自分が取り上げられているんじゃないかと期待した。でも――。写真は振付を受ける子どもたちだけ、石見銀山を題材にしたミュージカルを上演することや百五十六人もの応募があったことが記事の中心で、和昭のことは「東京の指導者」としか書かれていなかった。

こんなに頑張っているのにな。

内心がっかりしたのも事実だった。そんなこと、口に出しては言えないが。

「先生は東京の有名な劇団におっちゃったんだがァ。ほんにまあ、大作が無理なお願いをしたみたいで」

大作って誰だ？……あっ、専務か。

「いえ、とんでもありません」

慌てて頭を下げる。専務の家、やっぱりちょっと気が休まらない。

翌日の金曜日。いよいよ稽古初日が訪れた。

車は三瓶川沿いの桜のトンネルをくぐり抜けて、市民会館に到着した。

朝九時からの稽古を前に参加者が続々と中ホールに集まってくる。合格したメンバーは八歳から七十三歳。年齢差はなんと六十五歳だ。

「……おはようございます」

「おはよう」

みんな何となく和昭を遠巻きにしている。誰もが緊張した面持ちで、和昭も落ち着かない。どうにも居心地が悪くて、受付をしている頼子に頼んだ。

「あのさ、来た人から着替えてもらいたいんだけど。まずはウォーミングアップをやるから」

「分かりました」

頼子はこくりとうなずくと、会館の技術スタッフを呼んできた。中ホールの一画がたちまちパーティションで仕切られる。

「皆さん、おはようございます。動きやすい服装に着替えてくださいということです。女性の皆さんはこちらのパーティションのかげを使ってください」

頼子の呼びかけに応じて、女性の参加者たちがぞろぞろと移動を始めた。

「……やっぱり七十八人は多かったかなあ」

「今日の参加者は六十人ちょっとです。仕事のある人や部活のある子どもは欠席していますから」

「はいィ～？」

そうだった。合格者の大人たちには勤め人やパートで働いている主婦もいる。子どもたちは春休みだが、大人には関係ない。稽古のために仕事を休むわけにはいかないのだとようやく気づいた。

「だったらさ、九時から五時の稽古じゃなくて、一時から九時とかにしたほうが良かったんじゃないの？　そうしたら仕事のある大人も夕方から参加できるし」

「そりゃ私だって、そのほうが午前中仕事ができて助かりますけど」

むっとしたように頼子が言い返す。

「でも大人より子どものほうが多いんだし、小学生をあんまり遅くまで拘束しちゃいけんって室長さんが」

室長さんの文雄は和昭を市民会館に送り届けると、さっさと市役所に行ってしまった。またもや「あとはよろしく」だ。

「……仕事は仕方ないとしてもさ、部活ってのは何なんだよ。稽古より部活のほうが優先なわけ？　この三日間で配役を決めようと思ってたのに」

「練習試合が近くて休めない子もいるんです。部活より稽古を優先しろなんて言えません」

頼子は一歩もひこうとしない。稽古の始まる前からひと波乱だ。

劇団ドリームでは自分の出るシーンがあろうとなかろうと稽古に参加するのが当たり前で、バイトを優先する者は去れという方針だった。プロじゃないというのは分かっているが、稽古の初日から十人以上も欠席するなんて信じられない。

「稽古スケジュールだって考えてきたのに、全員が揃わないんじゃ意味ないよ。どうしたらいいんだよ」

「そんなの、私に聞かれたって分かりません」

互いに声が大きくなった。ちらちらとふたりを気にする参加者の姿が目に入り、まずいと思ったときだった。

「ごめんなさいねえ、先生。休みの人が多くて」

どこから話を聞いていたのか、令子がやんわりと口を挟んだ。

「部活があるって言うても、三日間とも休むわけじゃないんだが？　頼子ちゃん」

「……明日は来られるって聞いてます」

「仕事しとる人も土日は来てだろうし。先生、何とかならんかしら」

「……それはまあ」

何とかしなければならない。そんなことは分かってる。市民ミュージカルの主役は市民なのだ。

「じゃあ、分かる範囲でいいから出欠表を作ってもらえませんか」

「いまからですか？　私、ほかにも仕事があるんですけど」

「このままじゃスケジュールも立てられないし、メインキャストは稽古に出られるメンバーから選ばないと」

「……分かりました」

憮然とした表情で頼子がうなずく。唇を固く引き結び、不満の色をありありと浮かべ、せっかくの可愛い顔立ちが台なしだ。


「おはようございます。今日から三日間、ワークショップをします」

着替えてきた参加者を前に挨拶をした。ワークショップ、と言ってしまってからハッとした。頼子がちらっとこっちを見ている。口を挟まれないうちにと慌てて言い添えた。

「ワークショップっていうのは、えーと」

どう説明したらいいのだろう。何気なく使っていた言葉なのに、実はよく分かっていなかったと気づかされる。

「ステップとか歌とかお芝居とか、いろんなことをやってみることです。この三日間の稽古を見て、配役を決めたいと思います」

参加者たちの間に緊張が走る。やっぱりキャスティングは大きな関心事のようだ。

特に中学生や高校生の女の子たちは、誰もが主役のつうを狙っているに違いない。選ぶことへの責任がずしりと肩にのしかかる。

「じゃあ、ストレッチから始めます」

まずは体をほぐすが、子どもたちの体が驚くほど硬い。両足を開いて座り、上体を前屈させるが、ほとんどの子どもが胸を床につけることができない。おいおい、ほんとかよ、と思う。子どもたちの間を回って背中を押した。

「いたーい」

「痛いくらいじゃなきゃ、やってる意味がないんだよ」

言ってから思い出す。劇団に入った当初、先輩からよく同じことを言われていた。あの頃の自分もこんなふうにできなかったのだろうか。いや、まさか。

ストレッチのあとは基礎的なステップ練習を行なった。まずはサイドステップからだ。リズムを取りながら左右に体重移動をくり返す。単純なステップだけれど、リズム感があるかどうかがすぐに分かる。

最高齢の参加者、安藤三恵子が汗を流している姿が目に入った。ちょっと小太りなためか、早くも息が上がっている。深い皺を刻んだ顔が真剣だ。そばに寄ってさり気なく声を掛けた。

「無理しなくてもいいですよ。できる範囲で」

「ええかいね。怪我したらいけんものなァ」

七十三歳、ミュージカルにチャレンジしようという心意気を買って合格にした。ダンスをしてもらおうなんて期待はしていない。さまざまな年齢の村人たちがいたほうが舞台に厚みが出るから、いてくれるだけで充分だ。けれどもほかのメンバーはそうはいかない。

稽古を始める前には、ストレッチとステップ練習の時間を長めにとったほうが良さそうだ。

ダンスシューズを用意してもらわないと。

先にダンスナンバーを作曲してもらって、早めに振付を始めなきゃ。

次から次へと、やらなければならないことが思い浮かぶ。

簡単なステップでもてこずる参加者が多い中で、目立って上手な女の子がいた。手足がひょろりと長く、大人びた顔つきをしている。オーディションのときの五十二番だ。名前を確認したいが、名刺大の紙をはさんだプラスチックの名札は字が小さくてよく見えない。年頃の女の子の、胸元につけた名札をじろじろ見るのもはばかられる。

名札、何とかしてもらわなきゃ。

もう限界だった。これ以上覚えきれない。中ホールの片隅の長テーブルで、パソコンを持ち込んで仕事している頼子の姿が目に入った。

「あのさ、名札が小さすぎるんだよ。ゼッケンみたいな大きな物にしてもらえないかな。それからダンスシューズを用意してもらわなきゃダメだ。通販でも買えるから、サイズを確認してまとめて購入するのがいいと思う。あとダンスナンバーから作曲してほしいって、川上さんにお願いしてほしいんだけど」

「分かりました」

頼子はあっさりとうなずくと、パソコンの画面を指差した。

「出欠表、こういう形でいいですか」

四月分の出欠表がすでにほとんど出来上がっている。やっぱりこいつは優秀だ。頭が上がりそうにない。


午前中の稽古はストレッチとステップ練習、発声と『白い鳥よ』の歌稽古で終了となった。午後からいよいよ台本の読み合わせだ。村の子どもたち、娘たち、大人たち、名簿順にいろいろな役を指名する。

「じゃあ、次。つうを石村めぐみ」

「はい！」

元気のいい返事をしたのは、例の五十二番だ。手元の名簿で、中学三年生と確認する。ロングヘアを後ろに束ねているが、両頬に一筋の髪の毛を細長く垂らして、なかなかおしゃれだ。

敵兵に隠れ道をふさがれ、湧き水を汲みに行けなくなってしまうシーンの読み合わせだ。令子や香澄にみてもらって、セリフを大田弁に直してあった。弱気になった村人たちにつうが必死で訴える。

「あきらめちゃあいけんよ。この銀《しろがね》の里はうちらおなご衆が守らにゃいけん。水がのうなって困っとることを知られちゃいけんが」

よく通る声が稽古場に響く。ダンスだけじゃなくて芝居もなかなかいいが、つうにしてはちょっと気が強すぎる感じもする。

「それじゃ次。同じシーンをもう一度読んでみようか。月森さやかがつう」

「はい」

返事をした女の子を確認する。めぐみの隣りに座っている中学三年生、同級生だろうか。小柄で頬がふっくらしていて、めぐみに比べてずい分幼い感じがする。

「飲み水はあとちょこっとしか残っとらん。どがすりゃええ？」

「……あきらめちゃあいけんよ。この銀の里はうちらおなご衆が守らにゃいけん」

一言一言、自分に言い聞かせるようなセリフが続く。同じセリフなのに、村人たちを力強く励ましていためぐみのつうとは大違いだ。自信をもって堂々とみんなを引っ張っていこうとするめぐみのつうと、自分を励ましながら必死でみんなに訴えかけるさやかのつう。台本を書きながらイメージしていたのはさやかのつうだ。これまでダンスも歌も印象に残っていなかったが、明日きちんと見てみなければ。

「それじゃ次は……」

くすくすと笑い声がして顔を上げると、小学生の男の子たちがふざけている姿が目に入った。お互いの体を突っつき合っている。

「そこ、静かにして」

「だって俺たち関係ないが。な！」

男の子たちがうなずき合う。女だけの村人たちのシーンの読み合わせが続き、男の子たちは飽きてしまったらしい。

「関係ないってことはないだろう。じゃあ次、敵の大将と矢吉のシーンだ。四十三ページを開いて」

物語の終盤、大将が一気に銀の里を攻め落とそうとするシーンだ。男の子たちに順に大将と矢吉のセリフを割り振っていく。

「矢吉、あの鳥を射落とせ。銀の里は我らが殿のものだ」

「なりません。白い鳥は神の使いとも言われています。矢を向けてはきっと良からぬことが起こります」

古めかしい言い回しに舌が回らず、つっかえては笑い声が上がる。

ダントツに上手かったのは高校二年生の大国翔だ。オーディション六十三番、日本男児ふうのイケメンで声に張りがある。矢吉はこいつで決まりかもしれない。大将は小学生にやらせるのも面白いかと思っていたが、まるでセリフに迫力がない。

　大学のミュージカルサークルでは、いつも男子学生を集めるのに苦労していた。劇団ドリームでも、オーディションを受けにくるのは圧倒的に女性が多かった。今度もきっと同じような状況だろうと思って、男性でセリフがあるのは矢吉と大将だけにしてしまった。小学生の男の子たちのセリフがひとつもない。

　夕方五時。稽古が終わるなり、頼子が駆け寄ってきた。

「まずくないですか。男の子たちの見せ場がダンスシーンしかありません。ダンスをしたくてミュージカルに参加した子ばかりじゃないんですけど」

「分かってるよ、そんなこと」

　自分だって、どうしたらいいかと悩んでいたところなのに。

「けど、男衆がいないって設定の村だしね」

「やっぱりダンスで頑張ってもらえばええんでないの」

　香澄と令子がフォローしてくれたが、単純にはうなずけなかった。小学生たちだってセリフがほしいに決まっている。大勢の中のひとりじゃなく、自分だけをアピールできる何かがほしいのだ。そんなことはほかの誰よりも和昭がよく知ってる。

　どうしようかと台本をパラパラめくる。敵兵たちのダンスナンバーのあとで、大将が檄《げき》を飛ばすシーンがあった。

——よいか、者ども。何としても銀の里を手に入れるのだ。さすれば石見銀は我らのもの、我らが殿が天下を取るのも夢ではないわ。里の連中を降伏させる手立てを考えるのだ！

敵兵たちは一斉に「ははっ」とうなずき退場する……。

「何とかならないんでしょうか」

頼子の声は厳しい。香澄と令子もじっと和昭を見つめていた。

「分かった。何とかしてみせるよ」

また大見得を切ってしまった。

翌日の稽古も朝九時のスタートだった。一日目と同じように、ストレッチとステップ練習、発声と歌稽古をして午前中が終わり、午後から芝居の稽古になった。

「まず最初にセリフを追加します。台本と筆記用具を出して」

参加者たちをぐるりと見回す。昨夜真夜中までかかって考えた追加のセリフだ。

土曜日で仕事が休みの大人たちが来ているためか、昨日この三日間で配役を決めると伝えたことが効いたのか、今日の出席者は七十一名。めぐみは午後から参加するはずだったが、九時からちゃんと出席していた。ピアノのレッスンをほかの日に替えてもらったらしい。やる気満々だ。

「二十六ページを開いて。長めのやり取りだから、余白の部分に書いてください」

台本の上部には、照明や音響のきっかけなどを書き込むために五センチほどのスペースが空いていて、そこに変更したセリフを書くこともできる。

「用意はいいかな。じゃあまず敵兵一のセリフ。申し上げます、銀の里はおなご衆どもが守っております。次、敵兵二のセリフ……」

大将のセリフしかなかったシーンだが、敵兵たちが大将に報告をし、大将が指示を出した上で檄を飛ばすというシーンに書きかえた。一言ずつだが、十人分の敵兵のセリフを用意した。短いセリフもあるから、小学生にもチャンスはある。

「ここまで書けたかな？　じゃあ次、大将のセリフ」

「もう書けん」

まだ半分も伝えていないのに、小学生から声が上がった。

「スペースは充分あるだろ。どうして書けないんだよ」

近くにいた小学生の台本を覗き込んで理由が分かった。学年の小さな子どもは大きな字しか書けない。知っている漢字が少ないからひらがなばかりになる。大人以上に多くのスペースが必要なのだ。

「えーと、だったら……」

どうすればいいのか分からない。助けを求めるように、いつの間にか頼子の姿を探していた。片隅の長テーブルで、昨日と同じようにパソコンを開いている。

「続きを教えてもらえますか。新しいセリフをプリントアウトして、皆さんに配ります」

「……お願いします」

そのつもりですでに打ち込んでいるらしい。

配られた追加のシーンには、ちゃんと漢字にふりがなも振ってあった。

「そうか、ふりがながいるんだ」

「石見銀山課で小学生のための学習資料を作ったときはこうしました」

当たり前だと言わんばかりに頼子が答える。

子どもたちを相手に稽古するというのはこういうことなのか。劇団や大学のミュージカルサークルでは考えられなかったようなことに次々と直面する。このまま無事に「先生」をやりおおせることができるのだろうか。でも稽古は始まってしまったのだ。弱気になっている場合じゃない。


夕方五時。二日目の稽古が終了した。疲労がどっと体を襲う。役者をやっていたときは演出家なんてふんぞり返っているだけだと思っていたのにまるで違った。稽古全体を進行していかなければならない、問題に対処するのも自分ひとり、いっときも気が抜けない。そして明日はいよいよ、配役発表という大仕事が待っている。

稽古が終わってから相談をしたいと声を掛けたが、頼子は銀山課の資料を作らなければいけないとさっさと市役所へ行ってしまった。ミュージカルより銀山が大事、ということだろうか。快く残ってくれたのは令子と香澄だ。

「カズ先生、お疲れさま」

出演者が帰るのを待っていると、にこやかに声を掛けてきた女性がいた。今日から稽古に参加した渡部良恵だ。名簿によると四十八歳ということだが、ずっと若く見える。柔らかな桜色のカーディガンをはおり、どこか上品な出で立ちだ。

いつの間にやら、和昭は「カズ先生」と呼ばれるようになっていた。イケメン高校生とスタッフの新人クン、ふたりのオオグニとオグニがいて紛らわしいということらしい。

「昨日はごめんだったね、稽古を休んでかァに。前からの約束があって、松江に行っちょったもんで。先生、松江にはもう行かいた？」

「いえ、まだ」

「いいとこよ。いっぺん行ってみーだわ。これ、実家の和菓子ですけん、皆さんでどうぞ」

「あ、ありがとうございます」

甘党ではないが、その心づかいが嬉しい。

渡された小箱の中には上生菓子が彩りよく並んでいた。

「わあ、美味しそう。やっぱり松江の和菓子は違うわあ」

令子が歓声を上げて覗き込む。松江は茶の湯が盛んで、一世帯当たりの和菓子の購入量が日本一なのだという。令子は菜の花をイメージした黄緑色のきんとんを、香澄は桜の塩づけをのせた薯蕷《じょうよ》まんじゅうを選び、和昭は桜をかたどった練り切りを口に運んだ。上品な甘さで食べやすい。

「矢吉はやっぱり翔くんですか」

参加者が帰ったのを見計らって、香澄が尋ねた。

「うん、そうですね。年齢的にも実力的にも翔が一番合ってるかな」

中学生と高校生の男子は翔を含めて三人しかいない。芝居が一番しっかりしていて、照れがないのが翔だ。

令子が大きくうなずいた。

「そいじゃ、つうはめぐみちゃん？」

「めぐみちゃんは学習発表会でも主役をやっとったなァ」

そうか、ふたりの目にもつうはめぐみだと映っていたのか。一番相談したいのはそこだった。

「そのことなんだけど。さやかはどうかなって思って」

和菓子を口に運ぶ手を止めて、令子と香澄が顔を見合わせた。

「キャラクターが、さやかのほうが合ってるように思うんですよ。めぐみだとちょっとキツすぎる気もするし。めぐみはダンスが抜群に上手いし、白い鳥を引っ張ってもらったほうがいいのかなって思うんだけど」

「そがですねえ……」

はっきりした返事がない。何だろう、この微妙な沈黙は。

「さやかは声が小さいのが気になるけど。令子先生、ソロを歌うのは厳しいですか」

「うーん、まだ半年あるし、音程はしっかりしてるから大丈夫じゃないんかなあ」

「どうですか、香澄先生」

「そがね。さやかちゃんは頑張っとったし、先生がええと思うならええんじゃなかろうか」

「つうはダンスシーンが少ないから、めぐみじゃもったいないと思うんだな」

めぐみは出雲で上演された市民ミュージカルに参加したことがあるという。アンサンブルだったそうだが、そのときダンスの基礎を習ったそうで、だから上手いのかと納得した。それならダンスキャプテンをやらせてみようかとも思う。キャストの中のダンスリーダーだ。

踊れるメンバーを香澄と確認したところで、文雄が和昭を迎えにきた。

車を運転しながら、文雄が尋ねる。

「先生、どがですか。練習は順調ですかいな」

「ええ、まあ」

「楽しみですなァ。合併記念事業が盛り上がってくれるとええって、みんな期待しとりますき」

キャスティングのことを相談しようかと思ったが止めた。この二日間、文雄は一度ちらっと顔を覗かせただけだ。文雄も頼子と同じで、ミュージカルより市役所の仕事が大事に違いない。意見を聞いたところで、誰のことを話しているか分からないに決まっている。

第五章　平等じゃない

稽古三日目。午後の読み合わせの時間になると、参加者たちはそわそわと落ち着かなくなった。いつ配役の発表があるのかと気にしているのだ。落ち着かないのは参加者だけじゃない。和昭もだ。配役を発表したときのみんなの反応が気になって、きりきりと胃が痛い。用意してもらった昼の弁当は半分しか食べられなかった。

読み合わせをしながら、村の女たちや子どもたちのセリフをつけ加えた。けれども全員分はとても無理だ。セリフのない役もある。せめて役名だけでもつけようと、三十五人の村人全員の名前を考えたが、目立つ役と目立たない役の差は歴然としている。主役はやっぱりつうと矢吉で、ほかに目立つ役といえばリーダー的な村の女たちが六人くらい、それから短いソロがある白蛇の化身の若い娘だ。

白い鳥には名前のつけようがないし、敵兵も全員にセリフがあるわけじゃない。参加者全員に見せ場を作ることはできないのだ。それを分かってもらえるだろうか。

四時半になった。稽古終了まであと三十分。そろそろ発表しなければと覚悟を決めた。

「えーと、それじゃ配役を発表します」

稽古場の空気がぴんと張りつめ、参加者たちの目が和昭に集中した。真剣な眼差しに気圧されそうになる。落ち着け、と大きく息を吸った。

「つう、月森さやか」

ざわっと稽古場が揺れたように感じた。参加者たちが一斉に、めぐみとさやかを盗み見ている。めぐみがさっとうつむき、その隣りのさやかはぽかんとしている。どうやら参加者の多くが、つうはめぐみだと思っていたようだ。そしてめぐみ自身も選ばれる自信があったらしい。唇を噛みしめて、口惜しそうな様子を隠そうともしない。

あんなに頑張ったのにどうして、と心の声が聞こえてきそうだ。そしてさやかは、信じられないとでもいうように目をしばたたかせている。

やっぱりめぐみをつうにするべきだったのだろうか。でももう遅い。発表してしまったことは取り消せない。

「矢吉、大国翔。村の女たち、お政は……」

迷っているところは見せられなかった。淡々と続けていくしかない。

セリフの多い役は印象に残っているから、名前を呼ばれた人はパッと顔を輝かせた。その反対に台本をパラパラめくって、ひとつしかセリフがないことを発見したのだろう、がっくりと肩を落とす人もいた。ちょっとした表情やしぐさにすぎないが、何を思っているのか突き刺すように伝わってくる。

劇団ドリームで配役発表があったときのことを思い出す。役名のない〝町の男〟を卒業したかった。もっとやり甲斐のある役を演じたかった。いつもいつも、今度こそはと期待して裏切られた。就職試験の面接会場で披露したセリフと歌も、今度こそはと何度も自主稽古をくり返し、結局選ばれなかった〝お話のおにいさん〟だ。

こんなに頑張っているのに、どうして選ばれないのかと口惜しくてならなかった。でもこうして選ぶ側に回ってみるとよく分かる。頑張っているのはひとりじゃない。頑張った人が全員報われるわけでもない。キャラクターだの全体のバランスだの、実力以外の要素も大きくからんでくる。現実はそんな単純なものじゃなかったのだ。

七十八人分の配役発表を終えた。もう喉がカラカラだ。

「……えーと。来週からはこの配役で稽古をします。お疲れさまでした」

稽古を締めくくった。もっと気の利いたことが言えないのかと情けなくなる。

一斉に帰り支度の始まった稽古場は賑やかなおしゃべりに包まれた。みんな今日の配役発表をどう受けとめているんだろう。気になって仕方がない。めぐみは誰とも口をきかないまま、さっさと稽古場を出ていった。

「カズ先生、お疲れさま」

良恵がスタッフテーブルに歩み寄って挨拶した。

「あ、お疲れさまです。昨日は和菓子、ごちそうさまでした」

「ええんですよ、そぎゃんこと」

にこやかに手を振ったかと思うと、そっと声を落とした。

「先生も大変ですねえ、いろいろと気を使わなならんで」

「はい？」

「でも室長さんも頑張っちょらいけ、これで良かったと思うわ。じゃ、さよなら」

励ますように和昭の肩を叩くと帰っていった。さっぱりわけが分からない。

首を傾げて振り返ると、頼子と令子が困ったように顔を見合わせていた。

「いまの、聞こえてたろ。どういうこと？」

「どうって……」

頼子が珍しく口ごもって目をそらす。スケジュールの確認をしていたようだが、手にしたペンをぎゅっと握りしめていた。ますますおかしい。

「室長がどうしたって？　はっきり言ってもらわないと、分からないんだけど」

「……さやかちゃんのこと、だと思います」

決心したように頼子が顔を上げた。

「さやかが何？」

「さやかちゃん、室長さんの姪ごさんだから。だからつうに選ばれたんじゃないのかなって」

「それってつまり……」

室長の姪っ子だから、室長に気を使って、ひいきしてさやかを主役にしたと思われているということか？　昨日さやかの名前を出したとき、令子と香澄が変に口ごもったのもそういうことだったのか。誰もがそんなふうに、今日の配役発表を聞いたんだろうか。

「冗談じゃねえよ、俺はそんなこと知らないよッ！」

稽古場だということも忘れて、大声を出してしまった。


連れて行かれたのは木造家屋の居酒屋だった。三畳ほどのひどく小さな座敷で中ジョッキの生ビールを一気にあおった。

「そんなにいっぺんに飲んじゃいけんが」

座卓の向こう側から、令子が子どもたちに注意するように諭す。頼子ひとりに任せるわけにはいかないとついてきてくれたのだ。家に電話したときの会話から察すると、令子には小学生くらいの子どもがいるらしい。香澄は明日の保育園の準備があるそうで、ごめんねえと謝りながら帰っていった。

頼子も令子も、車で帰らなきゃならないからとウーロン茶を頼んでいた。飲んでいるのは和昭だけだ。

「ダンスもお芝居もめぐみちゃんが一番目立っとったから、なんでいきなりさやかちゃんの名前が出てくるんかなあと思うたんよ」

　申し訳なさそうに令子が告げる。

「だから、あれだけ踊れるなら白い鳥のほうがいいと思ったんですよ。つうはほとんどダンスがないし」

「そう言うとったねえ」

「それに、めぐみだとつうが村のリーダーみたいに見えてしまう。つうはもっとおとなしい娘なんだ。でも怪我をした矢吉を見捨てることができない、自分たちの村を守りたい、だから必死に声を上げる。その必死さがほしいんだ」

「難しいんだねえ。私らは一番上手な人が主役をやるんだと思うとったわ」

和昭は不意に口をつぐんだ。そうだ、俺もそう思っていたと苦い思いがよみがえる。

　劇団ドリームのオーディションに受かったときも、ミュージカルサークルの中で一番上手いから選ばれたのだと信じていた。劇団のレパートリーであるファミリーミュージカルには少年役を演じる小柄な男性も必要になる。だから自分が合格したんじゃないかと気づいたのは劇団に入ってからだ。

　小学校の学芸会もそうだったのかと疑問が湧いた。「王様ははだかだ」と声を上げる男の子の役に選ばれたのは、クラスで一番背が低かったからじゃないだろうかと急に自信がなくなった。

上手かったから選ばれたわけじゃない。どんなに頑張ったって舞台のセンターに立てるわけじゃない。相手役の女性と背が釣り合わなければ、主役を演じられるはずがない。

だから見切りをつけた。でも——。

和昭が退団したあとで発表された新作ミュージカルの主役は、和昭と同じような背格好の後輩だった。

——逃げ出すのか。

退めるときに言われた演出家の言葉が耳から離れない。そうだ、俺は逃げた。逃げなければ俺にもチャンスがあったのだろうかと思うとやり切れない。

「私もどうしてさやかちゃんなのかなって思いました」

黙ってしまった和昭の様子を窺うように、頼子が口を開いた。

「室長さんのお宅で暮らしとってだし、さやかちゃんが姪ごさんだってことは聞いとってだろうなって」

「知らねえよ、そんなこと」

思わず座卓を叩いてしまった。松田兄弟に妹がいるなんてことも知らなかったのに。

「あのさ、室長の姪だろうが娘だろうが、そんな理由で主役を選ぶはずがないから。できない奴を主役に選んだりしたら、ろくな作品にはならないよ。そんな程度の作品でいいと思ってるわけ？」

「すみませんでした」

頼子が珍しく素直に頭を下げる。

「ごめんやァ、私ら素人やき」

言いたいことは山ほどあるが、年上の令子にまで頭を下げられては続けることはできなかった。ジョッキの底に残っていたビールを飲み干す。参加者のうちの何人が同じような誤解をしているんだろうと思うと、どっと気が重くなった。


翌日には川上から敵兵のダンスナンバーのデモテープが届けられた。その二日後には冒頭の村人たちのコーラスだ。張り切って作曲しているらしい。土曜日の稽古までに振付を考えておかなければと思うのだが、どうにも気持ちが乗らなかった。うららかな日が続いていることが恨めしい。新学期が始まって誰もが前を向いているのに、自分だけが足踏みをしているようだ。

携帯ゲームにも飽き、映画でも見に行くかと思ったら、映画館がないという。大きなスクリーンで映画を見る機会は市民会館で不定期に開催される「大田名画シアター」しかないそうだ。しかも以前は月一回の上映会が行なわれていたが、映写機のデジタル化などの問題があり、最近では季節ごとの上映となっているらしい。

パチンコ屋ならある。けれども「先生」と呼ばれている手前、パチンコ屋に入り浸るのも気がひけた。

あとはもうＤＶＤでも見るしかない。春枝が物置から引っ張り出してくれた自転車に乗って、駅前の店まで借りに行った。

車社会のためか、歩いている人はあまり見掛けない。途中で道に迷ったが聞く人がいなくて往生した。田植え前の土が掘り起こされた田んぼが続く。ようやく大きな通りに出たが、閉店した大型スーパーがシャッターを下ろしたまま、取り壊されることもなく残っていた。何だか侘しい。

やっと店までたどりつき、十枚ほどのＤＶＤを借りて松田家に戻ると春枝が目を丸くした。

「ようけ借りてきちゃって。先生、映画がお好きなんだねぇ」

「いえ、演出の参考にしようと思って」

時間をつぶしたいだけだとは言えない。慌てて言い訳をするが、春枝は感心したようにうなずいた。

「大変なんだねえ、演出ちゅうのは。うちらにゃまるで分からんがァ。ほんとにご苦労さんです」

いそいそとお茶を淹れてくれる春枝の後ろ姿を見ながら、急に気持ちが焦り出した。のんきにDVDなんか見ていていいんだろうか。

白い鳥は十八人、敵兵は二十二人、つうと矢吉と白蛇の化身、それから村人たちが三十五人だ。そんなに大勢がいる村のシーンをどうやって演出したらいいんだろう。誰がどこで何をしているか、考えておかないと立ち往生してしまうに違いない。

何のためにここまで来たんだ。正社員になるためじゃないか。いまさらもう逃げられない。それならみっともないところは見せたくない。

つうを入れて三十六人もいる村の女と子どもたちをどう動かせばいいのか。美術はどうすればいいか。必要な小道具は。

次から次へと考えなければならないことが出てくる。ぼんやりしている場合じゃなかった。部屋にこもってようやく台本を開き、やらなければいけないことを書き出していると、遠慮したようなノックの音がした。

「ええかいね。さやかが先生に会いたいって来とるんだがァ」

どうしてさやかが室長さんちを知っているのかと一瞬不思議に思ったが、そうだ、ここはおばあちゃんの家になるのだと気がついた。わざわざ自分に会いに来るとはどういうことだろう。いやな予感がした。

みしみしと音のする階段を降りていくと、玄関先にしょんぼりとさやかが立っていた。学校帰りらしい。中学の制服を着たままだ。

足音に気づいて顔を上げたさやかは何だか泣き出しそうな顔をしていた。ぺこりとお辞儀をすると、また下を向いてしまう。白いソックスを履いた足元をじっと見つめたままだ。

「何？　どうかした？」

「あの……ほんとに私でええんですか？」

うつむいたまま、ぼそぼそとさやかが尋ねる。肩で切り揃えた髪が頬にかかって表情がよく見えないが、ひいきされて選ばれたという声が耳に入っているのは明らかだ。

「いいのかって、何が？」

「だって……私よりめぐのほうがずっと上手だったし、めぐは出雲のミュージカルにも参加しとるし、私なんかがつうでええのかなって」

「俺には俺のイメージがあって、キャスティングしたんだけど」

「でも……私なんかにできるんかな」

思いつめたような目がじっと和昭に向けられた。

私なんか。

俺なんか、これ以上続けたってダメですから。演出家に伝えた言葉を思い出す。劇団を退めたのは先行きが不安だったからじゃない。自分の才能に限界を感じたからだ。自信なさげなさやかの姿があの日の自分に重なった。

「逃げ出すのかよ」

言われた言葉がそのまま口をついて出た。

しっかりしろ、とあの日の自分を叱りつけたいような気分だった。いや、それだけじゃない。俺は毎日のように遅くまで残って稽古したのに、望んだものに手が届かなかった。それなのにお前はなんだ。チャンスを与えられたのに、努力もしないうちから逃げ出そうとするなんて。

「悩んでたってできるようにはならないんだよ。悩んでる暇があったら、その前にやることはたくさんあるだろ。やるだけのことをやってから、できないって言いに来いよ」

さやかの顔がくしゃっとゆがんだ。

違う、こんなことを言いたいんじゃない。俺はあのとき、おまえならできると引き止めてほしかったんだ、本当は。さやかも同じ気持ちじゃないだろうか。それなのに、こんなふうに突き放してしまうなんて。

フォローする言葉は出てこなかった。はい、とうなずいた肩が小さく揺れている。こいつが主役で本当に大丈夫だろうかと不安がよぎった。いや、それよりも稽古場に来なくなってしまったらどうしよう。

土曜日、朝八時四十分。和昭は文雄の車で市民会館に到着した。

今日から当初の予定通り、週末二日の稽古体制がスタートする。劇団時代は稽古は毎日あって当たり前だったから、上手くいくのかどうか想像がつかない。市民ミュージカルというのはどうもいろいろ勝手が違う。

保護者の車でやってきた子どもたちが次々と中へ駆け込んでいく。六日ぶりの市民会館だ。

「そいじゃ先生、あとはよろしくお願いします。今日はこれから、出雲で用事がありますすけ」

少しくらい稽古を覗いていったらと言いそうになるが、さやかのことを思えばいまは顔を出さないでもらったほうがいいのかもしれない。ひいきした室長さんが様子を見にきたなんて思われるのも良くないだろう。大体の話は頼子が報告をしたようだが、文雄は「先生にお任せしますすけ」と言っただけだ。

「おはようございます！」

令子と香澄がにこやかに挨拶をしてくれた。

「おはようございます。今日の欠席者に変更がありました」

頼子は相変わらずクールに、淡々と事務連絡を口にする。変に気づかわれていないことにほっとした。

　稽古場をさり気なく見回す。八時四十五分。さやかはまだ来ていない。

「先生、この前歩いとってでしたね」

　受付の近くをうろうろしていると、新人クンの大国が笑顔で話し掛けてきた。DVDを借りに行ったときに、自転車を店先に置いたまま数軒先のコンビニに向かった。その姿を見られたらしい。歩いてる人は珍しいからすぐに気づいたと新人クンは嬉しそうだ。

　おはようございます、と中学生が駆け込んできた。新人クンが出欠表をチェックして、ゼッケン状の大きな名札を渡す。八時五十二分、さやかの名札はまだ受付テーブルに残ったままだ。

「東京じゃ駐車場にお金が掛かるんですよね。こっちじゃそんなことしとったら、その店はつぶれちゃいますよ」

　新人クンは屈託なく笑って話を続ける。生返事をしながら、手元の欠席者のリストにもう一度目を通す。さやかの名前はないというのに。

「……おはようございます」

　喉にひっかかったような声がした。さやかだ。和昭と目が合うと、緊張した面持ちのまま首を突き出すようにお辞儀して、パーティションのかげへ走っていった。八時五十六分。良かった、来てくれた。

ひとまずほっとしたが甘かった。

午前中のステップ練習を短めに切り上げて、昼休憩前に読み合わせをすることにした。本番通りの配役での、初めての読み合わせだ。

さやかは緊張しているのか、セリフがぎこちない。これまでの稽古とはまるで違って、何度もつっかえてしまう。おいおい、しっかりしてくれよ、とため息をつきたくなる。少し離れた席では、めぐみがつまらなそうな顔をして頬杖をついていた。こちらも前回までのやる気に満ちた表情とは大違いだ。

キャスティングを間違えたのだろうかと自信がなくなる。配役を発表する前に誰か事情を教えてくれたら良かったのに。でも聞いていたらどうしただろう。考え抜いたあげくの配役じゃないか、自分の判断を信じなくては。

最後まで読み終えてから、登場人物のキャラクターや各シーンの意味合いを説明することにした。でも熱心に聞いているのはセリフの多い人たちだけだ。

「次。敵兵たちのシーンだけれど」

敵兵たちがまとまって座っているほうを向いた途端、大きな口を開けて欠伸している竹下透と目が合った。最年少で合格したひとり、小学三年生だ。さっきからもぞもぞと落ち着きのない様子が気になっていた分、つい言葉がキツくなった。

「透、稽古中だぞ。ちゃんと話を聞いてるのか」

「だって俺セリフないけ」

悪びれない態度にカチンときた。

「セリフがなくたってこのシーンにいるんだぞ。ダンスだってある。どういうシーンなのか分からないまま踊ったって意味ないだろうが」

劇団ドリームではずっとそう教わってきた、出演者全員が芝居全体を理解することが大切だと。登場人物やシーンを理解できていないからひいきだの何だのという話が出るんじゃないかと説明をしているのに、どうして分かってもらえないのか。

いい加減にしろ、と言いたくなった。

「あのさ、言っておくけど、舞台って平等じゃないから。自分の役に満足できない人もいるかもしれないけど、全員が主役になれるわけじゃないし、全員がセンターに立てるわけでもない。それがイヤな人は帰っていいから」

参加者が一斉に息をのんだように感じた。しまった、感情的になって言い過ぎた。後悔するがもう遅い。どう取りつくろえばいいのか分からない。

誰かフォローしてくれよと思う。でも令子と香澄は困ったようにうつむいてしまい、さすがの頼子も言葉を探しあぐねている様子だ。ぞろぞろとみんなが帰ってしまったらどうしよう。

「そがで。オーディションに受からんかった人もたくさんおるき」

おっとりとした声が聞こえてきた。最高齢の三恵子だ。小柄な体が周りの人たちに埋もれてしまっているが、背筋をピンと伸ばしてみんなの顔を見回している。

「このミュージカルに出たいと思うとったのに、出られん人もようけおっちゃる。その人らァのことを忘れちゃあいけんのじゃないん？　うちらは選ばれてここにおるのだき。どがな役でも一生懸命やって、出られんかった人たちの分まで頑張らんと。なあ？」

参加者たちが大きくうなずく。透も神妙な顔になって、三恵子の話を聞いていた。七十三歳、いてくれるだけでいいと思っていた。どっこらしょと立ち上がる姿や、足元がふらつく様子を見て、選んだことは失敗だったかと思っていた。こんなふうに助けられるとは思わなかった。

カリスマ性のあった劇団の演出家を思い出す。反発することもあったけれど、思わず引き込まれてしまう何かがあった。大勢の人をまとめて作品を創り上げていくにはああいうパワーが必要なのだ。そんなもの、俺にはない。三恵子のように、みんなを納得させる言葉さえ出てこなかった。七十八人の参加者たちをどうやってまとめていけばいいんだろうか。逃げ出してしまえたらどんなに楽になれるだろう。

第六章　世界遺産・石見銀山

山並みの緑は日に日に鮮やかになっていった。萌黄色、若緑色、深みのある緑色、さまざまな緑に彩られて奥行きが生まれ、若葉の成長を感じさせる。

ところが稽古ときたら一向に進展しなかった。

東京に帰ったところで道はない。逃げ出すだけの覚悟もなく、気持ちを奮い立たせて稽古を続けたが、どんどん焦りが募っていった。一体どうすればいいんだろう。

コーラスはいい。合唱が盛んな土地柄というだけあって、すぐにきれいなハーモニーを聞かせてくれた。けれどもソロになると緊張するのか、途端にうつむいて声が小さくなる。特にさやかだ。いくらワイヤレスマイクがあるとはいえ、腹式呼吸でお腹から声を出せるようにならなくては歌に説得力が生まれない。

そして問題はダンスと芝居だ。まずは基本的なステップを覚えてもらわなくてはと午前中の二時間をストレッチとステップ練習に充てたが、その分振付や芝居の稽古をする時間が足りなくなってしまった。一日があっという間に過ぎていく。

シングルステップ、ダブルステップ、クロスオープン、ショートクロス……ステップごとに足を踏み出す位置が違う。どのステップのときに足をどこに踏み出すのか、前なのか後ろなのか右か左か、体で覚えていくのが一番なのだが、いつまで経っても頭で考えてしまって動けなくなる子がいた。

芝居の稽古をすれば必ず誰かがつっかえる。ほんの五分ほどのシーンでも止まらずにできるということがない。セリフを覚えてくるようにと何度言ってもダメだ。いや、覚えているようなのだが、人のセリフを聞いて次に自分のセリフを言うことが難しいらしい。何度もくり返して慣れてもらうしかないのだろうが、何度もくり返す時間がない。

村人チーム、白い鳥チーム、敵兵チーム、登場する場面がそれぞれ違うので、均等に稽古しようとするとひとつのシーンに多くの時間を掛けられなかった。しかも参加者たちは三分の二が待ち時間になってしまう。

「稽古に来てもすることがないがァ。遊びに行ったほうがええよなァ」

不満の声が聞こえてきた。

「次。銀の里の立ち稽古をするよ。おい、どこへ行くんだ？」

「トイレ！」

いざ次のシーンを稽古しようとすると、トイレに駆け出す子どもがいた。どうして待ってる時間に行かないんだよ、と舌打ちしたくなる。

人数が足りないと思ったら、知らない間に誰かがトイレに行っているということもあった。

「トイレは休憩中に行くこと。稽古中に行きたくなったらスタッフに声を掛けて」

まるで小学校の先生になった気分だ。

早くも四月が終わろうとしていた。最初に立てたスケジュールでは一場と二場ができあがっているはずなのに、まだ半分も進んでいない。

稽古終わりに、令子、香澄の両先生と頼子に残ってもらって相談することにした。どこで鳴いているのか、カエルの声がうるさい。雨が降るのかもしれないとかそろそろ田植えの季節だとか、令子と香澄がおしゃべりを始めるがそんなことはどうでもいい。

「こんな調子じゃ全然間に合わないんですけど」

つい声がとがった。一日中声を張り上げて稽古していたので、和昭はもうへとへとだった。ステップの基礎練習や振付したナンバーの反復稽古をしたいのに時間が足りない、説明する声がどんどん不機嫌になっていく。

叱られた子どものようにしゅんとしていた令子が、やがておずおずと口を開いた。

「思うとったんだけど、ほかに使える部屋はないんかねえ。敵兵や白い鳥の振付をしとる間に、つうや村人たちの歌稽古ができたらええが」

うんうん、とすぐさま香澄が同意した。集会室や会議室、それから三瓶川の向こうにあるサンレディー大田には五百席ほどの中規模ホールや板敷きの軽運動室があるという。

そうか、複数の稽古場所を使うという選択肢があったのか。和昭は芝居、香澄はダンス、令子は歌、分かれて稽古ができれば効率が上がるし、待ち時間が長いという不満も解消される。

和昭は勢いづいたが、頼子は硬い表情を崩さなかった。

「土日は活動している市民サークルも多いし、空いてる部屋があるかどうかは分かりません」

もっと早くに気づいていれば良かったのだろうか。いろんなことが後手に回ってしまっている。経験不足を突きつけられているようだ。

予算の問題もある、と頼子は続けて説明した。中ホールの使用料はすでに計上されているが、ほかの部屋を使うことになれば支出が膨らむという。

合併の記念事業で、市のお偉方が実行委員に名前を連ねているのだから、多少の無理はきくだろうと期待したのに。

たまっていた不満が口をついた。

日曜の稽古が終われば、次の稽古は六日後の土曜日だ。五日間も稽古をしない日があるせいで、土曜日は思い出し稽古に時間をとられてしまっている。忘れてしまうのも無理はないと思うのだが、時間がもったいなくてたまらない。稽古を前へ進めたいのに、それができない。

「土日が無理なら、平日の夜に稽古を増やせないかな。そうすればずい分違うと思うんだけど」

「そんなの無理です」

またもや頼子に反対された。

週二日の稽古ということで参加者を募集したし、中高校生には部活がある。子どもたちが参加するには送り迎えが必要で、保護者の負担が大きくなる……。

「私だって、銀山課の仕事で出掛けたときは夕方までに戻れるかどうか分かりません」

「反対の理由はそこかよ？　ミュージカルの担当なんだろ」

稽古だって仕事じゃないかとむっとしたが、いつもならフォローしてくれる香澄や令子も反対に回ってしまった。

保育園の先生をしている香澄は仕事が終わるのは七時を回り、そのあとは家事をこなすので精一杯だという。小柄で、ボーイッシュで、高校生たちの中に紛れてしまいそうになる香澄がふたりの男の子のお母さんとは知らなかった。

村人役の女性参加者たちは主婦だから、それぞれ家庭の事情があると令子が言い添えた。

「私も主人のお母さんと同居しとるでしょ。土日のたんびに留守にしとるから、あらあ、令子さん今日もお出掛け？　って言われとるんよ」

これ以上稽古が増えたら、参加するのは難しいということらしい。

どうして誰も協力してくれないんだよ。

ことさら大きなため息をつく。だったら勝手にしろよと言いたくなった。


連休が終わり、ようやく参加者の顔と名前が一致した頃、複数の稽古場が確保され、火曜と木曜の夜にも稽古が行なわれるようになった。

一度はもういいやと投げてしまった。けれどもそんなときに限って松田専務が実家に電話を掛けてきて、またもや「本番楽しみにしているよ」とくり返された。専務が期待してくれているのだ。こんな程度のものしかできなかったのかと呆れられてしまうわけにはいかない。このままじゃ幕が開きませんよと、慌てて文雄に直訴したのが功を奏したようだった。

平日の稽古が増えて、少しはダンスが身についてきたように思う。でもまだまだだ。

夕方稽古に出掛けようとすると、ざっと雨が降ることが多くなった。誰かが迎えに来てくれて車で移動するのだから問題はないのだが、雨上がりに外へ出るとむっとするような匂いが鼻をつく。土の匂いと青臭い草の匂いが混じったような湿った匂いだ。夏が近づいている気配がする。時間ばかりが過ぎていくようでもどかしい。

　追加の稽古場の確保に苦労しているのは事実のようで、今日の稽古はなんと市民会館の大ホールを使うと告げられた。

「そんなに贅沢なことができるわけ？　予算がどうとかって言ってなかった？」

　心配になって、思わず頼子に確認する。

「ほかに空いてる場所がなかったんです。客席には降りないでほしいんですけどいいですよね？」

　照明設備は使わずに作業灯で、とつけ加えられるが、もちろん問題はない。

子どもたちが勝手に客席に降りていかないよう、舞台には緞帳《どんちょう》が下りていた。子どもたちがわいわいと騒いでいて何事かと思ったら、緞帳裏に貼ってある「火の用心」と大書された別布を面白そうに見上げていた。どこの劇場でもよくあることで、和昭には珍しくも何ともない。手をパンパンと叩いて、声を張り上げた。

「いいか、みんな。ここが操作盤」

　下手袖の、舞台設備を操作するためのスイッチがずらりと並んだ機器を指差す。

「そっちが綱元《つなもと》」

照明機材や何かを吊すバトンを昇降させる場所で、防護用の金網が張られている。

「操作盤と綱元には絶対に近寄らないこと。分かったな」

万が一、事故でも起きたら大怪我をするとくり返したが、こんなことまで注意するのが演出の仕事なんだろうか。

まずは白い鳥の振り固めを行なった。振り付けたナンバーのおさらいだ。振付をきちんと覚えているのはめぐみだが、やる気があるのかないのかよく分からない表情だ。センターの一番目立つポジションにいるし、ひとりで踊る箇所も作っているのだが、白い鳥という役に満足できずにいるらしい。

「めぐみ、向こう側でみんなのステップを見てあげて」

「……はァい」

今日は振付助手の香澄が来ていない。指導役を任せることで前向きになってほしいと期待するが、伝わっている様子はない。一体いつまですねているつもりだろう。

「じゃあ、敵兵チーム。今日は新しいターンを練習するぞ。ピルエットだ」

「ええーっ」

また新しいことを覚えるのかと悲鳴が上がる。

片足でつま先立ちをし、コマのように回転するのがピルエットだ。フィニッシュで決められれば見映えがぐっと良くなるのだが、バランスを崩してしまう子が多い。やはり初心者には難しいのだろうか。

「両足で踏み切って、片足で回るんだ。顔はぎりぎりまで正面に残して」

コツを掴むのが上手い子もいれば、そうでない子もいる。毎回少しずつ稽古していくしかない。

「五分休憩。そのあとこの前の振付の続きをする」

ペットボトルを買いに行こうとした和昭は、綱元のかげにうずくまっている人影に気がついた。スポーツ刈りの頭は小学五年生の田村順平に違いない。

「何やってんだ、こんなところで。綱元には近寄っちゃダメだって言っただろう」

腕を掴んで引っ張り出す。

「だって俺にはできんがァ」

答えた声が湿っていた。どうやら泣いていたらしい。順平は剣道を習っていたというだけあって姿勢が良く、立ち姿はきりりと勇ましい。けれどもステップの覚えが悪くて苦戦していた。教えたばかりのピルエットも、何度やってもコツを掴めず、バランスを崩すどころかまるで回れていなかった。どうやら途方に暮れてしまったらしい。

「こんなところで泣いていたってできるようにはならないんだよ。とにかく綱元には近寄るな」

小さな背中を舞台中央に押し戻す。

休憩になった途端、元気に走り回っている小学生たちがいた。できないことを気にせず遊んでいるより、口惜しいと泣いている順平のほうがまだマシだろうか。いや、どっちもどっちだ。


「下は見ない。手はまっすぐ伸ばして」

稽古を再開し振付をしていると、頼子が初老の男性を案内してきた。背筋がピンと伸び、赤いベストを粋に着こなして、シルバーグレイの頭髪以上に若々しい雰囲気の男性だ。

「先生、ご無沙汰しとります。文化芸術協会の田中です」

ミュージカル実行委員のひとりで、会食の寿司屋であったらしいが、記憶が定かではない。憶えている振りをして、丁重に挨拶を返しておく。

「みんな頑張っとりますなあ。順調で何よりですが」

「ええ、まあ」

あまり順調ではないから稽古を増やしているのだが。

そうだ、どんな状況か見てもらっておいたほうがいいのかもしれないと気がついた。予算の問題があるのだ。やみくもに稽古を増やしたと思われても困る。

「いま敵兵たちのダンスを振り付けているところなんです。できたところまで良かったらご覧になりますか」

「そりゃ楽しみですな」

「このナンバー、頭から通すぞ。スタンバイして」

大声を上げると、一同が緊張した顔で位置についた。

「そいだが先生、この銀の里ちゅうのはどこにあるんですかいな。仙《せん》ノ山《やま》ですか、それとも要害山《ようがいさん》か矢滝城山《やたきじょうさん》？」

「はい？　石見銀山ですけど」

ジャン！　とピアノが鳴り、敵兵たちが踊り始める。すかさず頼子が小声で耳打ちした。

「石見銀山って名前の山はありません。銀が採れたのは仙ノ山、戦いの中心になったのは要害山です」

「え、そうなの？」

てっきり石見銀山という名の山があるんだと思っていた。

敵兵たちのダンスが終わり、田中は大きく拍手をした。まだてんでバラバラで、もっと稽古が必要な状況を訴えようと思っていたがそれどころじゃない。

「この敵兵ちゅうのは毛利ですかいな、それとも尼子？」

「えーと、それは」

和昭の返事を待たずに、田中は踊り終わった子どもたちを相手に講釈を始めた。

最初に銀山を支配していたのは周防国の大内氏だが、地元の豪族である小笠原長隆《ながたか》が矢滝城に攻め入って勝利を収めた。その後、大内氏が銀山を奪い返したが、今度は出雲の尼子氏が軍勢を進め、敵味方が入れ替わるなど取ったり取られたりの戦いが続いた。

大内・小笠原・尼子の間でくり広げられた銀山の争奪戦は、やがて石見国へ進出した安芸国の毛利元就と尼子晴久の戦いへ移っていく……。

そういえば松田専務から渡された資料に、そんなような話が書いてあったと思い出した。勝ったり負けたりが何度もくり返され、新しい人物も登場し、誰と誰が争っているのか途中でよく分からなくなってしまった。それに比べれば田中の講釈はポイントを押さえていて分かりやすい。

「やっぱり毛利元就の軍勢ですかいな」

ひと通り説明を終えた田中が、和昭を振り返った。五十年に及ぶ争奪戦の末に勝利したのは毛利だというからそれでもいいのだが、このまま素直に認めてしまうのは何となく癪に障った。

「それよりも大切なのは、故郷を思う気持ちなんですよね。平和に暮らしていたのに、銀をめぐる争いに巻き込まれてしまった。本当は分かり合えるはずの人同士が敵味方として戦わなければならない。人と人とが争うことの悲しさ、愚かしさを伝えたいんです」

「なるほど、そがですかァ」

話をさり気なくすりかえたが、知識不足なのは明らかだ。

帰りの車で頼子に尋ねると、田中は高校の元国語教師で、定年退職後は郷土史家として地道な活動を続けているという。

「田中先生はこのミュージカルをきっかけに、みんながもっと銀山のことに興味を持ってくれたらいいいって言っとられました」

「でもさ、ミュージカルっていうのは歴史の勉強じゃないんだから」

頼子はハンドルを握ったまま何も言わない。言い訳していることを見透かされているようで落ち着かなかった。松田家に到着し、そそくさと降りようとしたときだ。

「……明日大森へ行くんですけど、良かったらどうですか。ご案内しますよ」

「大森？」

「石見銀山の玄関口として栄えた町です。町並み保存に取り組んでいて、石見銀山の観光は大森がメインになっています。いつ行きたいって言ってくれるか、ずっと待っていたんですけど」

まっすぐな頼子の目を見ていられなかった。資料を読んだことに満足して、大田にいるのに大森に足を運ぼうとしてこなかった。稽古の進行や振付を考えることが忙しかったなんていうのは言い訳だ。面目なくて顔を上げられない。

翌日の昼過ぎ、迎えにきた頼子の車で和昭は大森へ向かった。道の両側に広がる田んぼでは、植えたばかりの稲苗がさわさわと風にそよいでいた。やがてがっくり右に曲がり、さらに左の狭い道に入っていくと、谷沿いの町並みが見えてきた。両側の山々の木々は段々と太く、大きくなっていき、緑の陰も深みを増していくようだ。大田市の中心部にある松田家から十五分ほどで到着したが、景色ががらりと変わった感じがする。ぐるりと周りを山に囲まれ、空気まで違って感じられた。

「江戸時代に石見銀山は幕府の直轄領となりました。代官所を中心に武家や商人たちが集まって栄えたのがこの大森です。江戸時代の初期には、年間およそ十四トンもの銀が産出されたとも伝えられています」

まるでガイドのように滑らかに、頼子は和昭に説明を始めた。

市営駐車場に車を停めて、まずは大森代官所跡へと向かう。葉桜の並木道を通り抜ければ、白壁に格子窓のある門長屋と表門が見えてきた。すぐ背後には雑木の生い茂る山が迫っている。

「この表門は一八一五年に建てられたもので、もう二百年にもなるんです。門番詰所や仮牢は当時の姿を残していて、ここはいま、大森の皆さんが運営する石見銀山資料館になっています」

頼子の口調はよどみがない。こんなに熱っぽく語る姿を初めて見たような気がした。

木造平屋の建物の中はさほど広くはないが、銀鉱石を採掘するための道具や当時の様子を描いた絵巻物など、さまざまな資料が展示されていた。

代官所が置かれたのは江戸時代ということだから、ミュージカルよりもっとあとの時代になる。

「ふーん、こんなふうだったんだ。当時の建物が残ってるなんてすごいな」

木組みの天井を見上げてしみじみしていると、頼子にあっさりと否定された。

「この建物は当時の代官所じゃありませんよ」

「はいィ？」

「ここに代官所があったということです。この建物は明治三十五年に建てられた邇摩《にま》郡の役所なんです。一度は取り壊そうということになったんですが、町の人たちが反対して残ることになったんです」

だったらそれを先に言ってくれよ、とグチをこぼしたくなる。感慨にふけったのが馬鹿みたいだ。

資料館をあとにし、昔ながらの家屋が並ぶ通りを散策した。大森の町並み保存地区は銀山川の流れる谷筋に沿って細長く続いているという。穏やかな町並みだ。

白い漆喰壁の商家や門構えのある武家屋敷、格子戸の民家が混在している。身分制度の厳しかった江戸時代には珍しいことだが、鉱山に伴ってできたこの町では、武家や商人が隣り合い、助け合いながら暮らしていたらしい。

大正時代の面影を残す理容館や、濡れ縁のある商店も残っている。

土産物屋や飲食店になっている家屋もあった。

驚くような大きく古い建物があるわけではないようだ。赤い石州瓦に土壁仕上げ、サッシではなく木の建具やしとみ戸のある家屋が並ぶ。確かに昔懐かしい風情があるが、次第にもの足りなくなってきた。

「昭和三十二年に大森町文化財保存会が結成されて、町の人たちがいろいろと努力を重ねてきたんです。でも……」

頼子の声が陰る。

「観光客から、近所を散歩してるのとたいして変わらないって言われちゃったこともあるんですよね」

「まあ、なあ」

思わずうなずくと頼子にじろりと睨まれた。ここは否定するところだったらしい。

慌てて言い繕う。

「だってほら、せっかく手間ひま掛けて来たんだから、もっとインパクトのあるものを見たいって思う人もいるんじゃないの？」

「インパクトって？」

「えーと。ここでしか体験できない何かとか。銀を掘ったり、製錬してみよう、なんて企画はどうだろう」

「無理です。銀はもう採掘されていないんですから」

呆れたような声が返ってくる。

「じゃあさ、ここでしか見られないオリジナルな何かを見学できるとか」

「だったら龍源寺間歩《りゅうげんじまぶ》があります」

「マブ？」

「銀を採掘するために掘られた坑道です」

歩くと一時間以上掛かってしまうというので、レンタサイクルを借りて龍源寺間歩へ向かった。ゆるゆると走って三十分近い道のりだ。家屋や店舗は徐々にまばらになり、頭上を木々の緑が覆う。自転車をこぐ音と、すぐ横を流れる銀山川のせせらぎだけが聞こえる。緩やかな上り坂だが意外に距離が長く、左右に曲がりくねっているので、軽く息が上がってきた。

砂利敷きの駐輪場に自転車を置き、ようやく一息つく。

「大森では遺跡や町並みを守るために、車の乗り入れを制限しているんです。だから間歩まで足を運んでもらえないことも多いんですよね」

頼子は口惜しそうだ。

大森の町並みは道幅が狭い。観光客のマイカーで渋滞してしまってはせっかくの景観が台なしになってしまうし、危なくてゆっくりと歩くこともできないという判断だった。

「車の規制が必要なことも分かるんですけど、不便なのも本当ですよね」

「確かにちょっと遠いよな」

今度は慎重にうなずく。電動アシスト自転車を使った二人乗りタクシーもあるが、ちょっと割高感があるのか、利用者はさほど多くないらしい。

「私が生まれる前は、大森はゴーストタウン寸前だって週刊誌に書かれちゃうほどさびれていたそうなんです。町並み保存の活動や、龍源寺間歩の通り抜け工事の完成で段々と活気づいて、二〇〇七年七月に世界遺産に登録されたときは、本当にたくさんの観光客で賑わったんです。でもそのときがピークでした」

頼子の声が沈む。

「年々減っていくのは想定の範囲内だ、どこも同じだって言う人は多いんです」

「まあ、熱しやすく冷めやすいのが日本人だっていうし」

「でも納得してちゃいけないと思うんです。私はもっと石見銀山をアピールしたい。昔より観光客が増えたんだから、もっとできることはあるはずです。銀山の知名度を高めることが大田の活性化につながると思うんです」

いつものクールな頼子とは大違いだ。

「なんでそんなに熱心なわけ？」

「だって……」

頼子はふと口を閉ざした。行きましょう、と木陰の道をすたすたと歩き出す。

緑に覆われた山肌に、丸太で補強された間歩の入り口があった。中はひんやりと涼しい。入り口付近は天井が低かったが、徐々に高くなっていく。思っていた以上に広く、ふたりで並んで歩くこともできるほどだ。薄明かりの中で壁に残ったノミの跡が見え、地下水が壁を伝う音が聞こえてくる。機械も何もない時代、人の力だけでこれだけの坑道を掘ったなんて信じられない気がする。このまま奥深く進んでいくと、違う時代へ抜け出るんじゃないかと思えてきた。

「小さなものも含めれば六百以上の間歩が残っているんですが、見学できるのはここと大久保間歩だけなんです。崩れる危険があるんですよね。大久保間歩はコウモリが冬眠するので、期間限定の公開になっています」

「コウモリ？」

「はい」

頼子の説明が続く。その声が遠い世界から聞こえるようだ。

銀山が発見されたのは一五二六年。海外に多くの銀が輸出され、スペイン人は日本のことを「銀の島」と呼んでいたらしい。ポルトガル人が作った日本地図には、必ずといっていいほど石見銀山の名前が記されていた。一九二三年に閉山するまで、石見銀山には四百年近い歴史が刻まれている……。

外に出ると日の光が眩しかった。

ぐるりと木々に囲まれているが、鬱蒼とした林ではなく、けれども管理された林というわけでもない。普通の里山とは何かが違う光景だ。

「ここはもう仙ノ山の中にいるようなものなんです。銀の採掘が盛んだった山で、そこでもここでも採掘が行なわれていたんですよ」

ここから三百メートルほど登ったところが山の頂で、かつては日本海を行く船から白く光るその頂が見えたともいわれている。

頼子は反対側を振り返った。深い緑の木々と竹の生い茂る向こうを仰ぐ。

「あっちに要害山があります。ここからは見えませんけど、山頂を中心に山吹城があって、銀山の支配をめぐって戦いが繰り広げられたんです」

城はもう残っていないという。どこにいるのか、方角も居場所も見失ってしまいそうなこの山の中で、人々は何を夢みて、石見銀に魅せられたのだろうか。

さわさわと鳴る葉ずれに、いにしえの人々の息づかいが聞こえた気がした。木漏れ日の向こう側に、白い鳥が羽ばたく姿が見えるようだ。この山はひっそりと佇み、訪う人々を見つめてきた……。

「何だかここだけ時間が止まっているような感じがするなあ」

「カズ先生」

「え……？」

頼子に先生と呼ばれたのは初めてではなかったろうか。小さな額にかかった髪が風に揺れていた。まっすぐに見つめられ、何だかドキドキしてしまう。

「私、なんでミュージカルの仕事なんかしなきゃいけないんだろうって思ってたんです。でも田中先生が言っとられたように、ミュージカルを通して銀山をアピールしていけるのもしれないなって」

「うん」

「そのためにはプロの先生が必要なんです。なんでこんなに稽古しなけりゃいけないんだろうって思ってましたけど、でもちょっとずつ上達してきているのが分かるようになりました。やっぱりプロの先生の目は違うんだと思います。だからこれからも教えてください。お願いします」
　プロの先生――。そんなふうに頭を下げるのは止めてくれと言いたくなる。俺はプロの先生なんかじゃない。演出をするのは初めてだし、役者としてもアンサンブル止まりだった。本当は指導者なんて柄じゃない。そのことを知ったら大田のみんなはどう思うのだろう。騙されたと怒るのだろうか。

「あらあ、頼子ちゃん。カズ先生も」

　大森の町並み保存地区に戻り、レンタサイクルを返したところで、ばったり三恵子と出くわした。

「大森に来てくれたんかいな、ありがとう。だったら熊谷《くまがい》家住宅も見ていって」

　さっき前を通った漆喰壁の商家へと連れて行かれる。三恵子は大森の住人で、ボランティアで熊谷家の案内ガイドをしているそうだ。なんてパワフルな七十三歳だと和昭は圧倒されそうになってしまう。

「熊谷家は代官所ご用達の有力な商人だったんです。国の重要文化財に指定されて、屋敷や土蔵と一緒に家財道具のすべてが大田市に寄附されました」

　三恵子は目を細めて、頼子の説明を聞いていた。

「頼子ちゃん、すっかり一人前になったなァ。こっちに戻ってきてえかったなァ」

「そういえば東京で働いてたんだっけ？」

「はい、高校を卒業したあと、三年ちょっとでしたけど」

市役所職員の採用試験に受かり、大田に戻ってきたという。

「こがあに立派になって、お父さんもきっと喜んどってでしょう」

「お父さん？」

「頼子ちゃんのお父さんは市役所で働いとって、大森の町並み保存をずっと担当しておられたんよ。ずい分世話になったけぇなァ」

「へーえ、親子揃って銀山課なんだ」

「父が勤め始めた頃は、銀山課とは言いませんでしたが」

頼子の答えはどこか素っ気ない。

大森の豪商の屋敷だけあって、二階建ての主屋には部屋数が多い。奥の間、六畳、六畳と三間続きの座敷があり、その奥にもさらに部屋があり、どこにいるのか分からなくなりそうだ。衣裳蔵や道具蔵も公開されており、衣服や寝具、酒造の用具などが展示されていた。

「家屋の保存修理を行なったときに、家財道具の調査をしてくれたのが三恵子さんたちなんです」

「あんときゃ大変だったなァ。うちらにそがな難しいことはできんって、最初は思うとったんよ」

風習や日頃の暮らしぶりをよく知る地元の女性たちに任せてはどうかと専門家のアドバイスがあり、三恵子たち地元の主婦が作業を請け負うことになったという。三千点を超える家財のひとつひとつに番号をつけて記録したが、長くしまい込まれていたため、傷みの激しい什器《じゅうき》や衣類が多く、汚れたものを洗ったり修理したりする作業に追われたそうだ。

その地道な活動は指導した専門家にも高く評価され、《家の女たち》調査班と呼ばれるようになったという。

三恵子は慈しむように、展示してある重箱に目を向けた。卵焼きや煮しめ、てんぷらなど、当時の花見弁当が再現されている。端切れやプラスティックの使い捨てコップなど、身近なものを再利用して作ったそうだ。

「大変だったけど、やってみたら楽しかったき。できんと思うとったのにできたんだけぇね。そいだけいまも続けとるんよ」

できんと思うとったのにできた——。

体育館が拍手に包まれ、ぼくだってできると確信した幼い日が思い浮かんだ。だからいま、自分もここにいるんじゃないだろうか。

「熊谷家の案内ガイドや展示の模様替えは、ずっと《家の女たち》のみなさんにお願いしているんです。家全体の管理運営もなんですよ」

「すげえな。政府は女性の力をもっと活用しろとか言ってるけれど、大森じゃ何年も前からウーマンパワーが活きてるんだ」

「ウーマンパワー……そうなのかもしれませんね」

「そがにたいしたこたぁしとらんき」

　恥ずかしそうに三恵子が笑った。

　大森の町ではゆったりとした時間が流れている。来たときにはもの足りないと感じられたが、次第に心地よくなってきた。時間が足りない、間に合わないと焦っていた心が満たされていくようだ。帰る頃には名残惜しくなってきた。

　駐車場に向かう途中で、半円形の石橋が目に入った。石段の向こうに木の扉があり、何かが祀られているように見える。

「何だろう、あれ」

「五百羅漢です。行ってみますか」

「ゴヒャクラカン？」

「お釈迦さまの五百人の弟子のことです。昔は羅漢さまへの信仰があったそうです」

すらすらと頼子が答える。銀山課の職員というのはみんなこんなに銀山のことに詳しいのだろうか。知らないことはないのだろうかと思えるほどだ。

石の反り橋を渡り、岩をくり抜いた石窟《せっくつ》を覗いた和昭は思わず「わ！」と声を上げた。薄暗い中に、お地蔵さまのような羅漢像がずらりと並んでいる。

「すげえな。こんなにたくさんの石像はじめて見た」

「江戸時代の半ばに、二十五年掛けて造られたそうですよ。羅漢さまをひとつひとつ見ていくと、知った顔や亡くなった人に会えると言われています」

改めてよく見てみれば、優しく微笑んでいる石像が多い。一体一体表情が違っていて、ふくよかな女性のような顔もあれば、あどけない顔もある。怒ったり泣いたりしているものも見つかった。

「お釈迦さまの弟子っていうより、ほんとに身近な人みたいだ。どうしてだろう」

「さあ」

珍しく頼子が首を傾げた。

「この羅漢さまは銀山で亡くなられた人や先祖の霊を供養するために造られたそうなんです。だからじゃないでしょうか」

銀山で亡くなられた人――。それは採掘作業をしていた人たちだろうか。いや、もしかするとこの山をめぐる長い戦いで命を落とした人のことも悼んでいるのかもしれない。

悲しげな微笑を浮かべた羅漢像があった。一体誰がどんな祈りを込めてこの羅漢さまを彫ったのだろう。カーン、カーンと石を彫る音が聞こえてくるようだ。

「そうだ！」

「はい？」

「これ、使えるかもしれない」

怪訝そうな顔をする頓子に、和昭は力強くうなずいた。

第七章　まだ三ヶ月も　あと三ヶ月しか

銀山のふもとからノミを振るう音が聞こえてくる。そこにいるのは一心に羅漢像を彫る石工《いしく》だ。

——ええかいな。これ、お母さんが食べちゃんさいって。

村の子どもたちが握り飯を持ってやって来る。

——わァ、ようけ羅漢さまがおる。

——なして羅漢さまを彫っとるの？

子どもたちに問われて、石工は静かに語り出す。

——五百体の羅漢さまを彫ろうと思うとるんで。この山には人から人へと受け継がれてきた思いがあってのう、その祈りを込めた羅漢さまだがァ。始よりはもうずい分昔のことでなァ。多くの殿さまが争っとった時代だ。ほら耳を澄ましてみんさい、銀を掘り出すかね掘り歌が聞こえてこうが。

村の女たちが威勢のいいかね掘り歌を歌いながらやってくる……。

「このプロローグから、いまのオープニングにつなげようと思うんだ。戦いには敗れたけれど祈りが残った。それを明確にしたい」

書き上げたばかりの幕開きのシーンを、さっそく頼子に読んでもらった。昨日大森から帰るなり机に向かい、何度も書き直した脚本だ。稽古の始まる前に、ぜひとも頼子の意見を聞いておきたい。

こんなふうに目の前で読んでもらうのは初めてで照れくさくてたまらないが、そんなことを言ってる場合じゃなかった。

「もう一ヶ所、エンディングのつうと矢吉の会話も変更する」

つうは敵の大将が放った矢で射抜かれる。白装束で戦った鶴女が敵兵の矢に倒れたという伝承をもとにしたラストシーンだ。銀の里に潜り込んだ敵兵だった矢吉は「赦してくれ」と詫びることしかできない……。

そのシーンで、矢吉に誓いの言葉を言わせることにした。

――つう、俺はもう弓矢は捨てよう。人と人とが争うなんて愚かしいことだ。銀の里が二度と戦いに巻き込まれることがないように、俺はいつまでも祈り続けよう。

――矢吉、羅漢さまを彫っておくれ。その祈りがいつまでもみんなの心に生き続けるように。

白い鳥に祈りを託した村人たちのコーラスが響き、その向こうに羅漢像を彫る石工の姿が浮かび上がる……。

「どうだろう。つうや矢吉の願いが時を越えて受け継がれていったっていうふうに見せたいんだけど」

　書き直したシーンを読む頼子の顔色を窺った。五百羅漢のいわれはそうじゃありませんと突っぱねられるかもしれないと思うと、段々声が小さくなる。

　うん、とうなずいて頼子が顔を上げた。

「このほうがいいと思います。希望があるって感じがします。プロローグがある分、語り継がれている物語なんだってことがよく分かるし」

　ほっと肩の力が抜けた。一歩前へ進めたような感じがする。

　さっそく変更した台本を追加で配り、石工には綱元で泣いていた順平を抜擢した。

「ええっ、俺？」

「そう、おまえだ。敵兵との二役な」

　順平にはこれまでセリフがなかった。石工を演じることで自信をつけてほしいと期待する。ピルエットができないと口惜しがって泣いていた心意気を買うことにした。

「こがあにようけセリフがある……」

　順平は目を丸くして固まっている。

「頑張れよ」

和昭は小さな肩を力強く叩いて励ました。

つぅと矢吉のシーンを除けば、どのシーンも二十人以上の出演者を相手にしなければならない。ひとりひとりに気を配り、声を張り上げ、稽古が終わるころにはいつもへとへとになってしまう。送ってくれる頼子か、迎えに来てくれる文雄の車に乗り込んでぐったりと帰っていく。楽しみは春枝が用意してくれている冷えたビールと酒の肴だ。

食卓にはアジやトビウオ、旬の刺身も並んでいた。海が近いだけあって魚が旨い。トビウオの刺身なんて、大田に来て初めて食べた。

「先生、お疲れさんでした」

文雄がビールを注いでくれる。

「どがですかいな。練習は上手くいっとりますかな」

「気になるんでしたら見にきてくださいよ」

「はァ、忙しゅうてなかなか時間がとれんのですわ。ほいだが、さっきちょこっと覗かせてもらいましたがァ」

見られたのか、と言葉に詰まる。子どもたちを中心に、村人たちが元気に歌って踊るナンバーを振付していた。コーラスが盛んだというだけあって、歌稽古ではきれいにハモッた仕上がりを聞かせてくれた。ところが、だ。

「どうしたらいいんでしょうね。歌えば踊れない、踊れば声が出なくなっちまう」

ため息をついて、あごの野焼きを口に運ぶ。こちらに来てからすっかりお馴染みの味になった大きな焼きちくわだ。食感はむしろかまぼこに近い。これもトビウオで、あごはトビウオのことだという。

「歌う人と踊る人を分けりゃええんじゃないんかいな」

事もなげに文雄は言う。

「それじゃミュージカルとは言えません！」

「そがなもんですかな。ほいだが歌いながら踊るちゅうのは難しげなもんですなァ」

難しそうでもやってもらわなければ困る。それがミュージカルというものなのだ。

「川上先生の作曲は進んどりますか」

「歌ナンバーはあと一曲です。ほかにオープニング音楽やBGMを作ってもらうようになりますけど」

「このまえ会《お》うたときに、何だか悩んどるようなことを言うとってだったですが」

探るように文雄が尋ねる。最後の一曲となったつうと村人たちのコーラスのことだろうと察しがついた。

矢吉が村に紛れこんだシーンだ。村人たちはよそ者なんか追い出してしまえと主張するが、つぅは怪我をしているのだから助けてあげようと反対する。そのやり取りのナンバーだ。最初は相容れない両者の思いが一曲の歌の中で変化して、最後には「信じ合い助け合おう」とひとつになる。ミュージカルらしいナンバーなのだが、川上にはなかなかそれが伝わらなかった。何度作り直してもらっても、意見が対立している前半で旋律がぶつからない。ハーモニーは美しくなければならないと川上は主張した。『ウェストサイド物語』のマリアとアニタのデュエットを聞いてもらおうと思いついたのは先週のことだ。マリアの恋人がアニタの恋人を殺してしまったと知るシーンがある。あいつは人殺しだと憎しみを歌うアニタにマリアが反論し、憎しみより愛する心が大切だとふたりの心がひとつになっていくナンバーだ。

YOU TUBEで探して聞いてもらい、ようやく川上は納得したように帰っていった。

「たぶん、もう大丈夫だと思いますよ」

「そりゃあ良かった。川上先生はなかなかええ作曲をされるでしょう？　これまでにも、廃校になる学校の歌を作ってもらったことがあるんですよ」

大田でも少子化は進んでおり、統廃合になる学校が少なくないという。子どもたちが書いた学校の思い出の詩に川上が作曲し、記念の歌を作ったことがあるそうだ。

「先生、ご飯はどがしましょうかね」

ビールにつまみ、それだけで充分なのだが、春枝は必ずご飯を勧めてくる。

「あ、じゃあお茶漬けでも」

「はい」

むげに断ることができなくてつい頼んでしまう。太ってしまいそうで何だか怖い。

「先生、さやかは迷惑を掛けとりませんかいね」

わさび漬けのお茶漬けを用意しながら春枝が尋ねた。

「あの子は小さい頃からおとなしい子で、自分からあれをしたい、これをしたいちゅうことがあんまりなかったんですがァ。それが初めて、令子先生に歌を習いたいって言い出しましてな」

「令子先生に歌を？」

「ソロがあるけ、上手に歌えんといけんちゅうて、先生んちに習いに行っとるそうですけ」

少しずつ、最初の読み合わせの頃のような必死なつらが戻っていたのはそのためだろうか。令子先生も教えてくれないとは人が悪い。ダメ出しすればすぐにしゅんとなってしまうのは相変わらずだが、前向きになってくれたのなら期待が持てる。

「声が出てくるようになったし、この調子で頑張ってもらえれば大丈夫ですよ」

「そがですか。先生、よろしゅうお願いします」

春枝がほっとしたように笑顔を見せる。いいおばあちゃんであることが窺えた。

窓の外でジャガイモ畑の白い小さな花が揺れていた。玉ねぎの収穫の季節だとかで、春枝は畑仕事に精を出す毎日だ。

文雄がオニオンスライスを平らげ、ぐっとビールを飲みほした。

「先生、明日は練習が休みでしたなァ」

稽古という言葉に耳馴染みがないのか、文雄はいつまで経っても「練習」という言葉を口にする。

「ええ、そうですが」

「ちょっとご案内したいところがありますき、夜お時間をいただけますかな」

廻る寿司屋で腹ごしらえしてから出掛けようという。和昭は一も二もなくうなずいた。


市民会館の近くにある廻る寿司屋はネタが大きい。何度か連れてきてもらったが、和昭のお気に入りの店のひとつだ。注文して握ってもらうこともできるし、東京とはまるで鮮度が違う。大田特有のとろりとした風味のある溜まり醤油がまた旨い。

廻る寿司でこんなに旨いのだから、最初の日に会食で連れていかれた寿司屋はどんなに旨かったのだろうと思う。緊張していて、味などまるで分からなかったことが惜しくてたまらない。

「そいじゃそろそろ行きますかな」

あら汁でしめたところで文雄が立ち上がった。

駅前の通りを抜け、田畑の広がる道を行き過ぎ、車はやがて山に向かう急な坂道を上っていった。街灯がなく、まだ八時前だというのに車のヘッドライトだけが頼りのような暗闇だ。

「一体どこへ行くんです？」

「もうすぐですけ」

追及したいが、あれこれと話し掛けて事故でも起こされてはたまらない。とりあえず黙ることにした。

「ここですがァ」

鬱蒼と木々が生い茂る中に倉庫みたいな建物が見えた。地響きのような音が聞こえてくる。何ですか、と聞く間もなく、文雄はすたすたと歩き出した。ついていくしかない。

鉄の扉が開くと、耳をつんざくような音が鳴り渡った。和太鼓だ。上半身裸の男たちがものすごい勢いで太鼓を叩いている。

呆気にとられていると、ドン！　と太鼓が鳴り止んだ隙に、すかさず文雄が口を開いた。

「天領太鼓ちゅうて、大田で活動を続けとる和太鼓のグループですわ」

「へーえ」

答えた途端にまた演奏が始まった。地の底から響いてくるような音が心地よい。十人ほどの男たちが大小さまざまの太鼓と向き合っている。大きく腕を振りかざすバチさばきはカッコいい振付をしたダンスでも見ているようだ。

文雄がにこやかな笑顔でしきりに話し掛けてくるが、太鼓の音にかき消されてよく聞こえない。どうだ、すごいだろうと自慢しているようなので、とりあえず大きくうなずき返した。

勇ましいポーズとともに演奏が終わった。文雄につられて、和昭も大きく拍手をする。

「先生、こちらが代表の郷原さんですき」

センターで一番大きな太鼓を叩いていた男を紹介された。引き締まった体は汗びっしょりで、胸を大きく上下させて息を弾ませている。頭にしっかりと巻き付けた手ぬぐいが男の色気を感じさせた。

「郷原くん、先生もぜひにちゅうとられるき、ミュージカルへの出演、頼みますわ」

え、いつの間にそんな話になってるんだ、と和昭は目を丸くする。

「戦の場面があるんですわ。そのダンスの前か後かに、この太鼓を披露してもろうたらどがやろうって聞いたら、大きくうなずいてくれましてなあ。代表メンバー、四人くらいでお願いします」

そんな話をしていたのか。呆れて口もきけない和昭と、まだ息が上がったままの郷原を前に、文雄は満足げにうなずいた。

「いやあ、良かった。合併十周年の記念事業だけ、たくさんの市民に参加してもらいたいと思うとるんです。そいじゃ先生、コーラスサークルの件もひとつよろしゅうお願いします」

「コーラスサークル？」

いつの間にか、ラストシーンにコーラスサークル風ぐるまのメンバーが登場して、一緒にテーマ曲を歌うことにもなっていた。

もしかして、太鼓の音で聞こえないことを見越して、この場で話を振ったんじゃないだろうか。愛想がいいだけのオヤジかと思っていたが、意外と策士なのかもしれない。さすがは松田専務の弟だ。

梅は大田市の木だそうで、松田家だけでなく町のあちらこちらに植えられている。その梅の実が大きくなり、春枝が梅酒作りの支度を始め、文字通り梅雨入りした頃、とにかく一度通してみるかという話になった。天領太鼓の郷原から「どんなミュージカルなのか見てみたい」と問い合わせがあり、歌ナンバーの作曲が終わった川上からも「全体がどんな仕上がりになっているのか確認したい」と言われていた。和昭自身もあっちを稽古したりこっちを振付したりして、全体のバランスをよく把握できなくなっていた。

まだ振り付けていないナンバーも残っているが、そこは音楽だけ流せばいい。いわゆる荒通しという奴だ。

「婦人会のみなさんが炊き出しをしてくれることになったんですがァ。練習をちょっと早めに終わってもらってもええですか」

いいも悪いもない。通し稽古をすると決めた途端、文雄は懇親会の準備を進めていた。親交を深めるための、稽古場パーティーのことだ。

そういえば参加者たちと一度も飲みに行ったことがないと気がついた。みんな車で来ているから、帰りにちょっと一杯というわけにはいかないのだ。

稽古が始まって三ヶ月。本番の十月四日まであと三ヶ月。いつの間にか、稽古は折り返し地点に差し掛かっていた。通しをして、参加者たちとゆっくり話すのも悪くない。

通し稽古が行なわれることになったのは六月最後の日曜日だ。市民会館に到着すると、池に淡いピンクのハスが揺れていることに気がついた。大賀《おおが》ハスという名の古代ハスで、市の天然記念物だという。二千年以上も昔の地層で見つかった種子から発芽したハスの子孫だそうで、発芽に成功させた大賀博士のお弟子さんが大田市の出身というご縁があるそうだ。

二千年の時を越えて咲く可憐な花。雨に濡れながら凛と咲く姿が、今日の通し稽古を応援してくれているようで、よし！　とひとつ気合いを入れた。

通し稽古には郷原率いる天領太鼓の面々や川上をはじめ、文化芸術協会の田中や技術スタッフたちも現れた。初めての通しだから大目に見てもらうとしても、あまりみっともないところは見せたくない。

「ではこれから通し稽古を始めます」

緊張で声がかすれそうになり、小さくひとつ咳払いする。

頭の中で幕開きの様子をイメージして、口頭で伝えていった。

「オープニング音楽の途中で客電フェイドアウト。暗転したら緞帳アップ。音楽が終わって、石を刻むSEが聞こえてくる。石工に明かりが入ります」

大森の町を思い浮かべた。ゆったりと時間が流れる銀山のふもとだ。ところが順平は初っぱなからセリフを間違えてしどろもどろになってしまった。おい、しっかりしろ、何やってんだと叱りつけたくなる。差し出された握り飯の包みを受け取ろうともせず、周りの子どもたちまで右往左往してしまう。

続く村人たちのかね掘り歌は作業をしながらのコーラスだ。作業の順番を間違える村人がいて、立ち位置がぐしゃぐしゃになってしまった。

振り付けたばかりの白い鳥のダンスナンバーはみんなまだうろ覚えだった。めぐみでさえ間違えて、全員がそれにつられてしまう。慌てて香澄に、前に出て一緒に踊ってほしいとお願いした。

続く敵兵のダンスは全員が同じ振付のはずなのに、とてもそうは見えないほどバラバラだった。ピルエットもまるで決まらない。

「ここで太鼓の演奏が入ります」

言ってから気づく。山あいの倉庫で見た和太鼓は小さなものでもひと抱えするくらいの大きさがあった。どのタイミングでどこにセッティングすればいいんだろう。

「太鼓の演奏が終わってライトチェンジ。子どもたちが登場」

しばらく稽古していなかったシーンなので、セリフを忘れてしまっている子どもが続出した。和昭がセリフを教え、キャストはそれをくり返すだけ。役柄も心情もあったものじゃない。つうと矢吉のシーンでも、惹かれあうふたりのときめきがまるで感じられない……。

さんざんな通し稽古だった。芝居はセリフを棒読みしているだけだし、ダンスはぼろぼろだ。くり返し稽古したはずのことが何もできていない。この三ヶ月、一体何をしてきたんだろう。あれだけ頑張ったのにこのザマかと失望が広がった。

「間違えてしもうたわ」

「私もで」

通しを終えてほっとしたのか、参加者たちが笑いながら語り合っている。笑っている場合じゃない。もっと真剣になってほしい。あと三ヶ月、一体どこから手をつければいいのか、こっちは頭を抱えているというのに。

中ホールにはあっという間に長テーブルが並び、エプロン姿の年配の女性たちが料理を運び始めていた。てきぱきと飲み物を並べる頼子の姿も見える。朝から姿を見掛けないと思っていたら、懇親会の準備に追われていたらしい。山盛りの唐揚げが運び込まれ、子どもたちからわっと歓声が上がった。

ダメ出しをする間もなく、懇親会の支度が進められていた。

「先生、お疲れさまでした。ええ感じに仕上がっとりますな。みんなよう頑張っとる」

文雄が笑顔で近寄ってきた。

「ちっとも仕上がってなんかいませんよ。これじゃ本番に間に合わない」

「ほいだが、まだ三ヶ月もありますき」

「あと三ヶ月しかないんです」

何を能天気なことを言っているんだと腹立たしい。

文雄の挨拶で懇親会は始まった。炊き出しをしてくれた婦人会のメンバーが紹介され、拍手が沸き起こる。

和昭も一言挨拶をとマイクを差し出されたが、こんな気持ちのまま何を言えばいいのか分からなかった。

「……本番まであと三ヶ月しかないんです。気持ちを引き締めて稽古しましょう」

参加者たちからすっと笑顔が消えたような気がした。言い方がキツかったろうか。でも構わない。本来なら懇親会なんてやってる場合じゃない。一時間でも二時間でもダメ出ししたい。

文雄の音頭で乾杯すると、会場はすぐにまたなごやかな雰囲気に包まれた。キャストもスタッフもエプロンをした婦人会のメンバーも、並んだ料理に箸を伸ばしながらにこやかにおしゃべりをしている。そんな気分になれないのは和昭ひとりだ。

この三ヶ月、一緒に稽古をしてきたというのに、危機感を抱いている人はいないのだろうか。せめて令子や香澄くらい、このままで大丈夫かと心配してくれてもいいじゃないかと思うのに大きな声で笑っている。

「先生、よばれとんさる？」

　顔色を窺うように尋ねたのは三恵子だった。大田の郷土料理だという箱寿司を差し出される。錦糸玉子を一面に散らした四角い押し寿司で、酢飯の間にサンドイッチのように挟んであるのは甘辛く炊いたかんぴょうやシイタケだそうだ。

「すみません、腹減ってないんで」

「そがかな」

　三恵子には悪いが、箱寿司はケーキのように華やかで、とても食べる気分になれなかった。

「先生、すまんかったねえ、ようけ間違えてからに。ほいだがまだ三ヶ月もあるき、せわないけ」

「せわない？」

「大丈夫とか何とかなるちゅう意味だき」

　問題ない、というニュアンスなのだろうか。いや、問題は大いにある。

　缶ビールにしか手を出さない和昭を気にしたのか、文雄があれこれと話し掛けてきた。ラストシーンに参加することになったコーラスサークルのメンバーを紹介されたり、キャストとの話に引き込もうとされたりするが、和昭は生返事をくり返すだけだ。

　就職、という言葉がふと聞こえてきた。矢吉の翔が頼子に卒業後の進路のことを相談していた。確かいま高二だったはずだ。

「専門学校に行くなら広島にせえて言われとるんだがァ。近いのは分かっとるけど就職のことを考えるんなら大阪のほうがええのかなって。兄貴も大阪で働くって言うとるし」

「大田で働こうとは思わないんだ？」

ついロを挟むと、翔はむっとしたように黙りこんだ。

「やっぱりみんな出ていくわけ？　大田だっていいとこなのに」

「そがなことァ分かっとるが」

「でも専門学校を卒業したあと、大田に戻ろうとは思わないんだろ？」

「思うてもできんがァ！」

苛立った声を上げ、翔はその場を離れてしまった。文雄が慌ててそのあとを追いかける。一体どうしたんだか、さっぱり分からない。

「カズ先生、ちょっと来てください」

頼子に腕を引っ張られ、会館事務所に連れていかれた。

「何だよ、どうしたっていうんだよ」

「あんな言い方をしちゃ翔くんが可哀想です。あれじゃまるで、大田を見捨てて出て行こうとしてるみたいじゃないですか」

「別にそんなつもりじゃ」

「でもそう聞こえます」

　頼子は憮然とした表情で首を振る。

「大田で働きたいと思っても、こっちじゃ選べる仕事は少ないんです。正社員になるのも難しいし。だから広島や大阪辺りに進学して、そのままそこで就職するってパターンが多いんです。地方の町はどこも似たような問題を抱えてるんですよ。東京とは違うんです」

「……東京にいたって正社員になるのは簡単じゃないさ」

　何通も受け取った「お祈りメール」が頭をよぎる。大田に来ることになったのも、正社員になりたいからだ。東京にいれば恵まれているというわけじゃない。反発が膨らんだが、頼子はまっすぐに和昭の目を見返した。

「でもほかの都市に引っ越そうとは思わないでしょ？　東京や大阪に仕事が集中してるっていうのは事実ですよね？」

「多けりゃいいってもんじゃないんだよ。こっちにいたって、公務員なんて安定した仕事に就けるじゃないか」

　頼子の目が険しくなった。初めて会った日に、島根と鳥取の区別もつかないのかと憤然とされたときのような目だ。

「全然分かってないんですね？　もういいです！」

そんなふうに怒りをぶつけられるのは初めてだった。呆気にとられている和昭に拒絶するような背中が向けられた。待ちんさい、と文雄が姿を見せたが、頼子はその手を振り払って出て行ってしまう。

困ったように腰を下ろした文雄はしばらく逡巡していたが、やがてぽつりと口を開いた。

「頼子ちゃんはなァ、高校を卒業して東京へ行って、ネイルアーティストちゅう仕事をしとったんです」

びっくりした。化粧っけがなく、いつも優等生のようなきちっとした受け答えをしている姿からは想像できない。

頼子はひとりっ子で、父親が心筋梗塞で急死したために大田に帰ることを決めたという。

お父さんは確か、大森の町並み保存に力を入れていたんだったと思い出す。では頼子は父親がやり残した仕事を受け継ごうとしているのだろうか。やたらと銀山に詳しいのはそのためだろうか。

「市役所に就職できて良かったなァってみんなから言われとります。高卒じゃあ年に一人あるかないかの採用だけぇねえ。ほいだが、本当のところはどがなんでしょうかね。こっちに戻って、おんなじ仕事ができるんなら、そのほうが良かったんじゃないんかねえ」

大田ではネイルアーティストの需要は少ないだろう。収入を確保するためには、やりたい仕事をあきらめるしかなかったのだろうか。

市では就業支援に力を入れており、農業や漁業、地元企業への就職には成果を挙げているが、職業の多様性に欠けているのも事実だという。

芝居をやりたければできた。企業に就職したければ業種を選んで試験を受けることができた。東京じゃそれで当たり前だと思っていた。

「……俺、過疎っていうのは若者が故郷を捨てて出ていくことだと思ってました。そうじゃなくて、選べる仕事が少ないから人が出て行く。人が出て行くから、また選べる仕事が減っていくってことなのかな」

「少なくとも故郷が嫌いだけえ出ていくわけじゃないんです。もっといろんな仕事を選べるようにせにゃあいけんとは思うとるんですが」

石見銀山をアピールして、活性化につなげたいと熱っぽく語った頼子を思い出す。仕事の場をもっと増やしていきたいという思いが込められていたのだろうか。

「悪いこと言っちゃったな。ふたりに謝らないと」

「そいじゃ中ホールに戻りますか。懇親会もそろそろお開きの時間だし」

　文雄に続いて立ち上がったとき、天領太鼓の郷原が姿を見せた。

「うちら、何を着てミュージカルに出りゃええんですか。揃いの作務衣なら持っとりますが」

　写真を見せてもらうとなかなか凛々しい出で立ちだった。

「これに手甲や脚絆みたいなものをつけたらどうでしょうね。スタッフと相談してみます」

　ふと疑問が湧き、文雄を振り返った。

「ところで、出演者の衣裳ってどうなってるんですか」

「どがすりゃええですか。婦人会の皆さんや出演者のお母さん方に、必要なものは作ってほしいちゅうてお願いはしてありますが」

「はいィ〜？」

　衣裳だけではない、美術も照明も音響も、具体的なことは何ひとつ進んでないことが発覚した……。

第八章　やってらんねえよ！

役者時代は衣裳も小道具も知らない間に用意され、言われるままに仮縫いや衣装合わせをしていればそれで良かった。具体的な指示を出さなければ、誰も動いてくれないとは思わなかった。

あと三ヶ月ある。業者に発注するなら充分間に合うが、美術や小道具は技術スタッフが空いた時間に作るという。慌てて打合せをしてみると、問題が次々に発覚した。

まず、思っていた場所にセットが置けない。舞台監督の伊藤と照明の谷口から、照明を吊すバトンとの位置関係を考えてほしいと指摘された。でなければ明かりが上手く当たらないという。指示された場所にセットを組むと芝居やダンスをするアクティングエリアがぐっと狭くなってしまうので、立ち位置や振付を変更しなければならなかった。稽古のやり直しだ。

小道具の製作も進んでいなかった。キャストが使うものだから慣れてもらわないといけないのに。でき上がったものから稽古場で使わせてほしいと依頼する。

もっと早くスタッフと打合せしていれば良かったと悔やんでいると、黙って話を聞いていた音響の青木良介がおずおずと口を開いた。

「あのー、ワイヤレスが足りんのですよね。セリフのある人が全員ワイヤレスマイクを持てるわけじゃないんですが、大丈夫でしょうか」

「大丈夫じゃない！」

大声で否定した。素人の声がマイクなしで客席後方まで届くとは思えない。客席数が千を超える大ホールだ。和昭だって自信がない。

「何度も稽古を見にきてくれてましたよね？　どうしてもっと早く言ってくれなかったんです？」

「すみません、稽古中はいつも忙しそうだし、終わるとすぐ帰っとられるから、話し掛けたら悪いのかなって」

「必要なことは言ってくれなきゃ困るんですけど！」

疲れてしまって、スタッフとろくに話もせず帰ってしまったのは事実だった。でも問題があるなら、すぐに相談してもらえるものと思っていた。そんな遠慮はしないでほしい。

青木は細身の銀ブチ眼鏡を押し上げて、すみませんとまた頭を下げた。和昭より少しばかり年上だろうか。声を荒げてばかりいるわけにはいかなかった。

「それで何波使えるんですか？」

「B帯だけだと六波です。条件次第じゃあ八波まで可能なんですけど」

「そんなに少ないはずないでしょう？　何とかならないんですか」

ワイヤレスマイクが六本か八本じゃ話にならない。劇団ドリームではもっとたくさん使っていたじゃないか。

「A帯を使えば十五波プラス予備一波まで使うことができます。けど機材を購入して免許をとらんといけんので、一波当たり四、五十万掛かるんですよね……」

「無理です」

頼子が間髪いれずに口を挟んだ。

舞台前面に設置するマイクで声を拾うしか方法がないが、その近くでセリフを言わなければならず、動きが制約されてしまう。セリフを増やしたことが仇になった感じだった。

衣裳の打合せでも不安が残った。

村の女や子どもたちには古い着物を探してくれるというが、白い鳥の衣裳は手作りしてもらわなければならない。

「薄めの布を使って、風を切って舞うような感じを出してほしいんです。透けてひらひらした生地がありますよね？」

生地の名前が分からない。下手なイラストを描いてみるが、作ってくれるのはフッーの主婦のおばさまたちだ。専門家もいなくて、イメージ通りの衣裳ができるのだろうか。

問題が発覚したのはスタッフの打合せだけではなかった。コーラスサークル風ぐるまのメンバーとも摩擦が生じた。ラストシーンでテーマ曲を一緒に歌うと、文雄が強引に決めてしまったサークルだ。

歌稽古を聞きに行くと、十八人のおばさまたちが、まるでコンサートに出演するかのように背筋をぴんと伸ばし、譜面を手にして『白い鳥よ』を聞かせてくれたおばさまたちの中心メンバーは六十代で、和昭は息子より若い年代だ。丁重に言葉を選んで譜面は持たないでほしいとお願いし、次に段取りを説明した。

「イントロで登場して、村人たちを囲むように半円形に並んでください。コーラスの中で簡単な手振りもしてもらいたいと思います」

「手振り？」

小柄なおばさま、正確に言うならおばあさまと呼んでいいであろうおばさまが顔をしかめた。確か懇親会のときに紹介された。山崎元子、七十一歳だ。

「あ、そんなに難しいことじゃないから大丈夫ですよ」

ゆっくりと片手を差し出す、両手を胸の前で交差して広げる、そして一歩前に踏み出す……。

「そがな難しいことできんがァ」

小柄なおばさまが表情をますます険しくした。周りのおばさまたちもうん、うんとうなずいている。

「最近の若い人らは歌いながらいろんなことやってじゃけど、うちらには無理だわ」

「とにかく一度やってみませんか。そんなに難しくないですから」

「できんがァ。コーラスは歌謡曲とは違うけ、そがな余計なことをする必要はないんじゃないん」

「でもこれはミュージカルですからッ」

強い調子で言い返してしまった。文雄がコーラスサークルを参加させたいというから、どうすればいいかあれこれと考えたのに、こんなにあっさりと否定されるなんて。

下手《したて》に出たのがいけなかったのだろうか。

「まあねえ。まずは譜面を放して練習してみましょうや」

背の高いおばさまがとりなすように言ってくれたが、一体どうなることだろう。

これ以上問題が起きるのはごめんだとばかりに、頼子に連れ出されてしまったことも面白くない。そもそも頼子とは懇親会のときの溝が埋まらないままだった。翔には誤解していたことを伝えて謝った。でも頼子とは、次から次へと発覚する問題の対応に追われるうちに、きちんと話をするタイミングを逸したままだ。頼子も何となくその話題を避けているようで、淡々と仕事はこなしてくれるが、態度がどこかよそよそしい。気づまりなことこの上ない。

「歌いながら手を上げるくらい、どうってことないじゃないか」

「急にいろいろ言われたから、山崎さんも混乱したんだと思います」

頼子は元子の肩を持った。風ぐるまは四十年以上もの長い間、譜面を手に姿勢を正して歌う正統派のコーラス活動を続けてきたという。

「コーラス活動とは違うんだから、出るなら協力してもらわないと。できないっていうなら出てもらわなくてもいいんだけど」

「困ります。室長さんが出てほしいってお願いしたんですから」

「俺だって出してくれってお願いされたんだけど」

売り言葉に買い言葉になってしまう。

「何とかならないか、高野さんと相談してみます」

ため息まじりに頼子が答える。とりなしてくれた背の高いおばさまが高野というらしい。風ぐるまの中では若いほうに入るメンバーのようだが、説得してもらえるのだろうか。

あと三ヶ月、通し稽古では山ほどの課題が見つかっている。ひとつひとつクリアしていかなければと思うのだが、焦るばかりでなかなか前へ進まない。

石工に抜擢した順平はセリフをつっかえてばかりだった。彫っていた羅漢像を置いて握り飯の包みを受け取ったり、彫り上がった羅漢像を見せるために子どもたちを案内したり、ちょっとした動きがあるだけでセリフが出てこなくなってしまう。

「違う。ありがとうって言ってから羅漢像を置いて、それで次のセリフだろ」

演じやすいようにと思って細かく段取りをつけたのに、何度稽古しても同じところで間違えた。プロローグはほんの三分ほどのシーンなのに、まともにできた試しがない。

つうと矢吉の稽古にも力を入れた。ふたりだけのシーンが二ヶ所ある。銀の里で暮らすようになった矢吉がつうと親しくなるシーンと、実は矢吉が敵の一味だったとつうが知るシーンだ。

つうのさやかも矢吉の翔もきちんとセリフを覚えているから、これまではあまり稽古をしてこなかった。けれども通しをしてみて、ふたりの芝居が全然できていないことに気がついた。心の揺れがまるで表現できていない。

「参ったなあ、ダンスナンバーに力を入れすぎていた。もっと芝居の稽古をしなきゃダメだ」

「ふたりのシーンを稽古するんだったら最後にして、ほかの人は先に帰ってもらったらどがあですか」

令子のアドバイスに従うことにした。そのほうが集中できるだろう。

「今日はここまで。つぅと矢吉だけ残って」

透が「やったァ」と声を上げる。小学生たちが一斉に帰り支度を始めた。早く帰れることがそんなに嬉しいのだろうか。一体誰のために稽古をしているんだか分からなくなる。さやかはさやかで、居残りを命じられたことにしょんぼりと肩を落としていた。やりたくないなら終わろうかと言いそうになってしまった。

気持ちを静めようとエントランスホールに出て自販機の缶コーヒーを買っていると、めぐみの声が聞こえてきた。

「なんかさァ、最近つぅと矢吉の稽古ばっかだがァ」

「そがだねえ」

そっと背後を窺うと、うなずいているのは村人役の千晴だった。あーあ、とめぐみが大きなため息をつく。

「ま、仕方ないか。白い鳥なんてその他大勢だもん」

「そうなんよ。私だってセリフひとつしかないし」

「主役の稽古のほうが大切だしね」

そうじゃない、何バカなことを言ってるんだ――。

ぎゅっと缶コーヒーを握りしめる。叱りつけようとしたが、できなかった。劇団ドリームにいた頃、同じような不満を抱いていたことが頭をよぎった。

どうせ俺はアンサンブルだし。誰も俺のことなんか見てないし。間違えてもダメ出しされないし。

主役だけがすべてじゃないと分かっている。ひとりひとりをちゃんと見ていると言いたかった。でも本当にそうだろうか。

稽古時間は限られている。一言しかセリフのない村人よりも、つうや矢吉のシーンに力を入れるようになっていた。全員の振付が揃うことよりも、幕開きの石工のシーンがスムーズにできるほうが優先だった。舞台全体のクオリティーを上げなければと焦っていた。

仕方ないじゃないか、あれもこれもはできないんだと言い訳しながら、心がどこかささくれだつ。こんなに頑張っているのにどうして分かってもらえないのか。

時間ばかりが過ぎていった。何もかもが上手くいかない。

白い鳥や敵兵のダンスナンバーの振付を直しながら、細かいところまでダメ出しをするようにした。

――違う、そうじゃない。

——ダメだ、全然揃ってない。

めぐみの言葉を否定したかった。その他大勢なんかじゃない、俺はちゃんと見てるんだぞと伝えたかったが、中学生や高校生は扱いが難しい。みんなの前で注意されると、ぷうっと膨れてしまう子どももいた。

苛立ちが募る。できていないくせにその態度はなんだと腹立たしい。

「何度同じことを言わせるんだよ？　お客さんはチケットを買って観に来るんだから、金払って良かったと思ってもらえるものを創ろうよ」

ハッパをかけるが反応はどこか鈍い。

あと三ヶ月と思っていたのに、あっという間にあと二ヶ月になってしまった。

梅雨が明け、朝っぱらからミンミンゼミの鳴き声が響くようになった。じとっと蒸し暑い日が続く。大田に来た頃はまだ朝晩が肌寒かったのに、あっという間に季節が移り変わっていた。十月四日の本番まで、残された時間はあるようでない。

夏休みに入れば少しは稽古に集中できるかと期待したのに、部活だの塾だのとかえって欠席する子どもが増えてしまった。

「出演者がいなけりゃ稽古にならないじゃないか。みんな何考えてるんだよ」

思わずグチがこぼれるが、令子と香澄は困ったように顔を見合わせるだけだ。

木曜日は七月最後の稽古だった。最初にプロローグを稽古する予定だったのに、時間になっても順平が現れない。

遅刻するなんてどういうつもりなんだ。今日の稽古は午後五時から九時。四時間しかない中で、やりたいことは山ほどあるのに。

いつもなら頼子がすぐに連絡をしてくれるが、今日はその頼子もいなかった。急に大森へ行くことになったとかで、和昭を迎えにきたのも新人クンの大国だった。頼子は市役所の職員なのだから銀山課の仕事が優先だと分かってはいるけれど、ミュージカルは後回しかよと何となく面白くない。

「遅れるなら連絡くらいしろよな」

「心配せんでも、もうじき来るんじゃないん？　もうちょっと待ってみたら」

とりなすように令子が言う。

「時間がもったいない。稽古を始めましょう」

集まっているメンバーを見回した。村人たちのシーンと白い鳥のナンバーを稽古する予定でいたが、どちらもまだ揃っていない。

「予定を変更します。最初につうと矢吉のシーンを稽古するから、ほかの人はちょっと待ってて」

「またァ？　つうと矢吉ばっかり」

めぐみがこそっとささやいた言葉が心に刺さった。

「ほかのシーンはメンバーが揃ってないだろ？　だから稽古ができないいんじゃないかッ」

つい声を荒げてしまった。稽古場がしんと静まり返る。めぐみが顔をまっ赤にして唇を引き結んだが、何と言ってフォローすればいいのか分からない。

「……台本四十三ページ。つうと矢吉、スタンバイして」

ほかのメンバーがそそくさと稽古場の隅に移動した。

つうが矢吉の裏切りを知るシーンが始まる。

ちらっと見学しているキャストたちに目を向けた。物語が大きく動くシーンだからちゃんと見ておいてほしいのに、つまらなそうに下を向いている子どもが多い。

「矢吉……猟師というのは嘘だったの？　私たちを騙してたの？」

「つう、これ以上の戦いは無意味だ。兵の数も武器の数も違うことを分かってくれ。戦いが長引けば傷つく人が増える。俺は一日も早く、この戦を終わらせたいんだ」

「来ないで！　あんたが敵の人だなんて。父さんを殺した仲間だなんて……」

パン、と手を叩いて稽古を止めた。

「そうじゃないんだよ。つう、来ないでってどういう気持ち？」

「えっと……矢吉が裏切ってたことが分かったから、もう傍に来てほしくないっていていうか」

「それだけ？」

つい詰問口調になってしまった。さやかは困ったようにうつむくだけだ。

「違うだろ、つうは矢吉を好きなんだろ。だったら好きな人に裏切られて悲しいって気持ちを表現しなきゃ」

言うのは簡単だが演じるのは難しい。具体的にどうしろと指導できない自分がもどかしい。

「もっとちゃんと台本を読もうよ。セリフを覚えるだけじゃなくってさ」

「はい……」

さやかの声は消え入りそうだ。

もう一度同じシーンを返そうとしたときに、ようやく順平が顔を出した。

「遅刻だぞ。ちゃんと連絡しなきゃダメじゃないか」

「連絡したがァ」

「聞いてないよ。それより早く着替えて。おまえが来るのを待ってたんだから」

言葉がきつくなる。言い訳なんか聞いても仕方がない。つうと矢吉のシーンを中断してプロローグに切り替えることにするが、こんなふうに細切れの稽古をしていていいんだろうかと不安になる。もっとじっくり、ひとつのシーンに時間を掛けたほうがいいに決まっている。でもそんな余裕はない。

すぐにプロローグの稽古が始まった。

石工が羅漢像を彫っていると、握り飯の包みを手にした子どもたちがやってくる。

「ええかいな」

「おお、どがした」

「違う、そうじゃないだろ」

いきなり稽古を止めてしまった。

ノミに槌を振りおろしてから返事をすると決めたのに、その段取りを忘れている。

おととい稽古したばかりなのにどうしてなんだ。

今日は音響が入っていないが、本番で間違えたら何もしないのに石を彫る音だけが響いてしまう。叱責の言葉を続ければ周りの子どもまでうなだれてしまい、稽古場が重い沈黙に包まれた。

「もう一回、最初から」

同じシーンがくり返された。今度は段取り通りに、石工が子どもたちを振り返る。

「おお、どがした？」

「これ、お母さんが食べちゃんさいって」

「ありがとう……あ！」

　順平が間違えたことに気づいて下を向いた。ぎゅっと拳を握りしめている。またか、という空気が稽古場に流れた。

「羅漢像を置いてから、ありがとう。包みを受け取りながら次のセリフ、に変更したよな？　でなきゃ、ありがとうのあとの間《ま》が長くなっちゃうって言っただろ？」

　順平の返事はない。苛立ちが抑えきれなくなっていく。

「何度も稽古してるのに、どうしてできないんだよ」

「……だって、俺にはできんがァ」

「どうしてすぐにあきらめるんだよ？　稽古しないからできないんだろ？　遅れてくるのが悪いんだろうが」

「だって」

「だってじゃない。もうちょっとやる気出せよ。できないなら早く来て稽古するとか、これじゃいつまで経ってもできないぞ」

「だったらもういい。やめる」

　え、とキャストたちが一斉に顔を上げた。

　くるりと背を向けて、順平が稽古場を飛び出していく。慌てて追いかけて、エントランスホールでつかまえた。

「放せよ」

掴まれた手を振りほどこうとしながら、順平は和昭を睨みつけた。目尻に涙が浮かんでいる。泣きたいのはこっちだ、見どころがあると期待したのに裏切られたような思いだった。

「やめるってどういうことだよ？　勝手なこと言うんじゃない」

「先生にゃ分からんがァ」

順平がもう一方の手を振り上げる。パン、と胸を叩かれた。

「ああ、分からないね。せっかく石工に抜擢してやったのに」

「そがなこと頼んどらん！　もうやりとうない！」

顔をまっ赤にして叫んでいた。やりたくないってどういうことだ。

「そんな気持ちだからできないんだよ」

「できんでもええ」

「だったら好きにしろよ、やめたい奴はやめちまえ！」

掴んでいた腕を突き放した。

「ちょっと待ってください、どうしたんです？」

会館に到着したばかりの頼子が、かばうように順平の肩を抱き寄せた。

「勝手なことを言わないでください」

「それはこっちのセリフだよ。今ごろ来た奴が何言ってんだ？」

　順平が助けを求めるように頼子にしがみついていることがやりされなかった。誰も分かってくれないという思いが募る。頼子を睨みつけると、硬い声が返ってきた。

「私は大森へ……」

「ああ、そうだよな。銀山課の仕事のほうが大事だよな？」

「そんなこと言ってません」

「言ってるだろ。どいつもこいつも勝手なことを言いやがって。仕事が大事、部活が大事、塾が大事、それじゃ稽古にならないんだよ。あと二ヶ月しかないって誰も分かってないじゃないか。これで幕が開くと思ってるのか？」

　言い募るうちに抑えていた感情があふれ出した。眉を寄せている頼子も小さな背中を向けている順平も、すべてが自分を拒絶しているようだ。

「もうやってらんねえよ、俺のほうこそやめてやる！」


　カバンを掴んで稽古場を飛び出した。駅は確かこっちのほうだったと見当をつけて歩き出す。四ヶ月もいるというのに、車で送り迎えしてもらってばかりだから道がよく分からない。むっとするような熱気が体にまとわりつく。

　誰も追いかけてはこなかった。結局その程度の存在だったのかと、無力感がひたひたと押し寄せてくる。もういい、東京へ帰ろう。荷物なんかあとで送り返してもらえばいい。どうせ着替え程度しか持ってきていないのだから、どうなっても構わない。

夕陽が沈みかけていた。オレンジ色に染まった空がどんどん輝きを失っていく。灰色の雲がひとつ、ぽっかりと浮かんでいた。コンビニで道を尋ねて、ようやく大田市駅へたどりついたが、六時十八分発の出雲方面行きの列車は行ってしまったばかりだった。次の列車は一時間後だ。

「……何なんだよ、まったく」

人気のないホームでベンチにどさりと腰を下ろす。待つしかない。こんなところで座り込んでいる自分がひどく間抜けに思えてくる。さっさとどこかへ行ってしまいたいのにどこへも行けない。最後まで事が思うように運ばない。

この四ヶ月は一体何だったんだろう。演出なんて、できるはずがなかったんだ。引き受けてしまったのは、松田専務の言葉にのせられて正社員になれると期待したからだろうか。いや、それだけじゃない。

――出演したい人。

――はいっ！

思い切って手を上げた幼い日を思い出す。あの日がすべての始まりだった。

薄暗い体育館の片隅から、光が渦巻く舞台へと駆け出した。

――ねえみんな、見てごらんよ！　王様ははだかだよ。

勇気をふりしぼって重圧をはね返せば、怖いものはもう何もなかった。お客さんがぼくだけを見てくれている。ぼくはぼくだ。

あのとき確かに、世界が変わったと思った。稽古中は声が震えて、何度ももうできないと思ったのに。

もう一度、世界を変えてみたかった。まばゆい光を浴びて、人生というステージに立ちたかった。松田専務の依頼を引き受けたのは正社員になりたかったからだけじゃない。断ち切りがたい舞台への思いがあった。役者として踏ん張ることができなかったことを悔やんでいた。もう一度違う形で舞台にチャレンジしてやり遂げれば、新しい世界が見えてくるんじゃないかと期待した。それなのに、またこうして逃げ出すなんて。

「先生、ここにおりんさったんですか」

顔を上げると、目の前に文雄がいた。線路の向こうの改札から跨線橋《こせんきょう》を駆けてきたのだろうか、軽く息を弾ませている。いつの間にか、辺りは薄闇に包まれていた。

「どこに行かれるつもりですか」

静かな、けれどもどこか悲しそうな眼差しに、和昭はそっと目をそらした。

「……東京に帰るんですよ」

「そがですか。ほいだが東京行きの最終便はもう出雲空港を出とりますがァ」

「え……？」

前に福岡に行ったときは九時過ぎでも東京行きの便がなかったか。飛行機って意外と遅くまで飛んでるんだと思ったのに甘かった。競合する航空会社がない、一日の便数が少ないと聞いていたことをようやく思い出した。

「寝台列車のサンライズ出雲にも、もう乗り継げませんがァ」

「……だったら行けるところまで行って、今夜はホテルを探しますよ」

すぐにでも予約してやるとカバンからスマートフォンを取り出し、着信メールがあることに気がついた。頼子からだ。

――順平くんから連絡がありました。稽古に二十分ほど遅れるそうです。

着信は十六時四十三分。マナーモードにしていたから気がつかなかった。順平は連絡していた。「連絡したがァ」と言った言葉を、どうして信じてやれなかったのだろう。

呆然とスマホの画面を見つめていると、文雄が静かに和昭の隣りに腰を下ろした。

「合併記念事業でミュージカルを創ろうちゅう話をしたとき、大田にはできんといろんな人から言われました。そがな無理なことをせんでも、松江や出雲が創った作品をやらせてもらえばええって」

そうだ、確かにそう言われた。会食の寿司屋でのできごとだ。一体誰がミュージカルを創ろうなんて言い出したのかと思っていたが、もしかしたら文雄だったのだろうか。

「大田から見りゃあ、松江や出雲は都会なんですよ。同じ島根の中で何を言うとるんだと東京の人はおかしく思われるのかもしれませんが」

そういえば良恵に和菓子をもらったとき、令子と香澄がしきりに松江の和菓子は違うと感心していたことを思い出した。松江や出雲は都会で、憧れの存在なのだろうか。

兄貴の背中を追いかけ、兄貴みたいになりたいと願ったように。

星が瞬きはじめていた。暗い夜空にひとつ、またひとつと小さな光を放っている。目をこらせば気づかなかったような幽かな輝きも見えてきた。空が広い。

文雄はじっと前を見据えて言葉を続けた。その表情は揺るぎがない。

「松江や出雲ならできる。大田にゃあできん。そがなふうに思われとうはなかったんです。何だかんだちゅうても大田から出て行く子どもたちは多いですけ、その子たちに大田でもできるんだって自信を持たせてやりたいですがァ。だからこそ、ひとつひとつ、積み重ねていかんといけんのです」

こんなふうに真剣に語る文雄を見るのは初めてだった。言葉に力を込めて、これまでの経験を語っていく。

「大田名画シアターもそがでした。映画館がのうなった町です。始めたときにゃ月一回しか上映できんでどがあするんちゅう声もありました。ほいだが、二十五年ちょっとで五百本近い映画を上映できたんです。石見銀山が世界遺産の登録を目指したときもそがでした。人口四万足らずの過疎の自治体には何もできんちゅう声もあった。最初は確かに県についていくだけでした。ほいだが次第に、県と市が共同で動くようになって、行政だけでなく住民とも力を合わせるようになったんですがァ。登録直前の延期勧告もはね返すことができたんだけ。大田でもできるんです。それを忘れちゃあいけん。列車は一時間に一本で、スタバもないですがァ、大田には世界遺産がある。ミュージカルだってできる。できんと思うとったことでもできるんです。それはきっと、大田の子どもたちの一生の宝物になるはずだけ……」

愛想が良くて、調子がいいだけのオヤジだと思っていた。でもいま隣りに座っている文雄はどっしりと、とてつもなく大きく見えた。故郷に根を張って生きる男の顔だ。

第九章　ブロードウェイを目指せ！

七時十一分発の列車は走り去っていった。次の列車はまた一時間後だと分かっているのに、和昭は立ち上がることができなかった。二両編成の列車の灯りが夜の町へと遠ざかっていく。さほど多くはない利用客はあっという間に改札の向こうへ散ってしまい、ホームにはじきにまた静けさが訪れた。

「先生、ちょこっとつき合《お》うてもらえますかいな」

文雄の声はいつもの軽い調子に戻っていて、和昭はその声に促されるようにのろのろと立ち上がった。駅前には見慣れた文雄の車が停まっていた。

さっき汗を流しながら歩いた道を戻っていく。市民会館に連れていかれるのかと思ったが、着いた先はサンレディー太田だった。今日はここでの稽古はないのに一体何の用事だろう。

入って右手にあるホールの後方扉を文雄がそっと開けた。聞こえてきたのは敵兵のダンスナンバーだ。

ホールの客席は可動式になっていて、前半分をフラットな状態にすることができる。

そこにずらっとオーケストラのメンバーが居並び、川上の指揮で演奏をしていた。いつもはピアノで稽古していたが迫力がまるで違う。やっぱり生演奏はすごい。

トランペットを吹いているのはネクタイ姿の中年男性で、木琴は高校生の女の子だ。オーケストラのメンバーは市民の有志だと聞いていたことを思い出した。

演奏が終わるなり、川上が指示を出した。

「二十四小節の四拍め、ポーズをとるからアクセントをつけよう」

その言葉にハッとする。

細かい振付をちゃんと見ていてくれたんだ……。

「三十七小節め、ここからダンスが盛り上がるからクレッシェンド」

頼まなきゃと思っていたことをちゃんと把握してくれていた。

川上が度々稽古を見にきていたのはこのためだったんだとようやく分かった。

「オーボエ、ずい分良くなったぞ」

Tシャツ姿の若者が弾けるような笑顔を見せる。

クーラーがきいているのに、川上は何度も額の汗を拭っていた。ダメ出しに夢中で、後ろからそっと見ている和昭と文雄には気がつきそうにない。

文雄は静かに扉を閉めた。

「邪魔しちゃあ悪いですけ。今夜はいつもより集まりがええちゅうて張り切っておられたから」

オーケストラの練習も仕事や学校の終わった夜に集まっているので、メンバーが揃わないことが多いという。川上も同じような苦労を抱えていたなんて知らなかった。

文雄は正面ロビーを横切り、細い廊下の突き当たりにある講習室に入っていった。八畳ほどの和室だ。

「お疲れさまです」

「あらあ、室長さん。差し入れ、ありがとう」

年配の女性たちが一斉に振り返った。懇親会で炊き出しをしてくれた婦人会のおばさまたちで、コーラスサークルの高野の顔も見えた。座卓の上には何種類かの白い布が広げられており、その片隅に袋菓子が置かれていた。

いやいや、と文雄は照れくさそうに手を振った。

「先生をお連れしたがァ。どんな具合か見てもらおうと思うて」

「ちょうど良かったわ。先生、透けてひらひらした生地ってこれでどがあなかいね。こっちがオーガンジー、これがシフォン」

イメージ通りの生地を見せてくれる。

腕の動きをきれいに見せるためにはどうしたらいいだろう、マントみたいに肩に縫いつけてみたらどうだろうとさまざまなアイデアも飛び交った。スカートを作るためのチュールやサテンも用意されていた。

「これはどがするね」

スパンコールやラインストーンの入ったビニール袋を文雄が手に取った。

「キラキラ光ってきれいだから、装飾に使おうかと思うとるんよ」

「へーえ、ようけ買《こ》うてきたなあ」

「そいだが安かったんよ。広島の店でセールしとったけ」

和昭は思わず目を見張った。

「……広島まで行ってくれたんですか、わざわざ」

「大きい店のほうが生地の種類が多いけぇね」

うんうん、と賑やかなおしゃべりが始まった。

「高速道路もできたし、近《ちこ》うなったがァ」

「お好み焼きも美味しかったけ」

広島まで往復して生地を探したなら一日を費やしたことだろう。それなのにおばさまたちはたいしたことじゃないというようにうなずき合う。

風ぐるまの高野がお茶を淹れてくれた。

「先生、この前は悪かったですね」

申し訳なさそうに高野が事情を説明した。合唱コンクールでは十数年前から手振りやステップを取り入れるコーラス団体が増えてきて、いまでは当たり前のようになっているそうだ。風ぐるまでも何度かチャレンジしようかという話が出たが、高齢のメンバーから反対意見があり、従来のスタイルを守ってきたという。

「でもせっかくだけぇね。練習してみようかって言うとるんよ。まだ時間高野は穏やかに笑っている。そうだ、まだ時間はある、二ヶ月もあるじゃないか。

どうしてそう思えなかったんだろう。

自分だけが頑張っているつもりになっていた。周りが何も見えてなかった。おばさまたちが文雄の差し入れだという袋菓子を勧めてくれた。スーパーで買ってきたらしいせんべいやチョコレートだ。こんなさり気ない気づかいをしているなんて知らなかった。ただ稽古場に来てくれないという不満だけを感じていた。

小学校の学芸会を思い出す。芝居が終わったあと、キャストだけではなくスタッフの友達も舞台に上がってお辞儀をした。

――スタッフは裏方ともいうんだよ。裏の見えないところで頑張っている仲間のことを忘れちゃいけないよ。

あのとき先生はそう言ったじゃないか。どうして忘れていたんだろう。

いいや、スタッフだけじゃない。見えないところで頑張っているのは出演者も同じはずだ。「お話のおにいさん」を目指して人知れず稽古を重ねたように。見ていなかったのは自分じゃないか。

――できんと思うとったのにできたんだけぇね。

大森の熊谷家で、三恵子が見せた笑顔を思い出す。結果の出ないむなしさは誰よりもよく知っている。できるんだと自信を持てるようにならなきゃ嘘じゃないか。でなきゃここに来た甲斐がない。

婦人会のおばさまたちが集めた村人の着物も見せてもらい、講習室を出たときには時刻はもう八時を回っていた。

「……稽古、どうしたのかな。戻らないと」

「もう終わっとるんじゃないですか。歌稽古とダンスのおさらいをして、今日は早めに終わるって言うとりましたから。向こうにおるけ、聞いてみますか」

文雄は建物の外に出ると、細い階段を降りていく。裏手の駐車場から技術スタッフたちの声が聞こえてきた。

「手押し車、これでどがかいね」

「軽くてええですね。でも小さい子が使うけえ、握り手がもう少し細いほうが持ちやすいで」

「そいじゃちょこっと削っとくか」

頼子が谷口や青木の小道具作りを手伝っていた。傍らで伊藤が写真を撮っているのは吹子《ふいこ》だ。銀を製錬するときに使う風を送る道具で、大森の資料館で見た覚えがあった。ほかにもいくつかの道具や資料が置かれている。

「頼子ちゃん、いろいろ借りてきてくれてありがとう。よう貸してくれたなァ」

「明日の朝には返さんといけんのですけど、大丈夫ですか。閉館している間だけちゅうて借りてきたんですよ」

　頼子が稽古に遅れてきたのはそういう訳だったのか。誰もが当たり前のように、自分のするべきことをしていたのだ。こうして夜遅くまで残って作業しているのも、日中はそれぞれの業務があるからに違いない。何も気づいていなかった。

「先生」

　和昭の姿を見つけた青木が駆け寄ってきた。

「連絡しようと思うとったんです。B帯デジタルを借りるメドがつきました。ワイヤレスマイク十二波まで使えます」

　専門学校時代の友人に聞いたり調べたりして、デジタル方式の新しい製品があると分かったそうだ。パンフレットに協賛のクレジットを入れることで実費で借り受ける話がついたという。六波と言っていたのに倍の十二波まで使えるように手配してくれたのだ。

「それから」と青木は作りかけのボサを指さした。板に草木を打ちつけた幅三十センチほどの置き道具だ。山や野原のシーンで雰囲気を出すためによく使われる。

「邪魔にならないところにボサを置きたいんですけどええですか。ここにマイクを仕込めば、声の拾える範囲が広がりますけ」

「そうですね、助かります」

このミュージカルは成功する。不意にそう思った。余計なことは何も言わない。けれどもきっちり仕事をする人たちに支えられた作品だ。まばゆいライトを浴びなくても、誰に注目されなくとも、誇りを持って与えられた役割を果たす人たちがここにいる。だからきっと成功する。いや、させなければ。大田の子どもたちの、一生の宝物にしなくては。

ほっとしたようにふたりの会話を聞いていた頼子と目が合った。その手には作りかけの小道具があった。プロローグで使う羅漢像だ。

「ごめん、稽古場を飛び出したりして」

いや、それだけじゃない。何から話せばいいんだろう。

「俺、稽古場だけがすべてだと思っていた。こんなふうに稽古場を支えてくれる人がいるってことを見ていなかった。何も分かっていなかったんだ。劇団じゃこうだったとか東京じゃこうだとかそればっかりで」

「稽古は令子先生に見てもらって、さっき終わりました」

クールな声が和昭の言葉を遮った。けれどもその眼差しは穏やかだ。

「順平くんなんですけど、やっぱりやめたいって言ってるんです。明日もう一度話しに行こうかと思うんですけど」

「俺も行くよ」

すかさず答えた和昭に、頼子がふっと笑顔を見せた。


海岸線と並行して走る国道に山が迫っていた。短いトンネルを通り抜ければ、すぐにまた海が目に飛び込んでくる。昼下がりの日の光をはね返す蒼い海だ。国道はやがて線路と交差して内陸側に入った。線路の向こう側に海が広がっている。鉄道ファンには絶好のビューポイントになるのではないだろうかと余計なことが頭をよぎった。

そんなことを考えている場合ではないというのに。

温泉津《ゆのつ》町にある順平の家へ向かっていた。「温泉津」と書いて「ゆのつ」と読む。大田市中心部から車で西へ三十分ほどと聞いている。

「昨日はお母さんがお迎えに来られないっていうから、森山さんに送ってもらったんです、ご近所なので」

車を運転しながら頼子が言う。

「事情を聞こうと思って、今朝もう一度電話をしてみたんです。そうしたらお母さんがおめでたで」

「え……」

つわりがひどくて昨日は横になっていたそうだ。

「じゃああいつ、どうやって会館まで来たんだよ？」

「バスと列車を乗り継いで。だから遅れちゃったみたいです」

一時間に一本しかない列車を思い出す。バスだってきっと同じようなものだろう。十分も待てば電車がやって来る東京とはまるで事情が違うのだ。バスを待ち、列車を待ち、大変な思いをして稽古場に来たというのにひどいことを言ってしまった。目に涙を浮かべていた順平を思い出す。

「あいつ、遅れるって連絡もちゃんとしてたんだよな。気がつかなかったのは俺なのに」

「いえ、それは私もいけなかったんです。会館に電話して、直接伝えてもらえば良かったんです」

「でも……順平のことを連絡もしないで遅れる奴だって思ったんだ。だからやっぱり俺が悪い」

四ヶ月も一緒に稽古してきたのに信じてやれなかった。順平がやめるなんて言い出したのはそのせいじゃないだろうか。

保護者の送り迎えが必要だと何度も聞いていたのに、その言葉の意味も理解していなかった。

温泉津駅の手前を山のほうへ折れ、さらに十分ほど走ったところに順平の家はあった。山あいの小さな集落だ。辺りには田畑が広がり、まっすぐに伸びた稲が風に揺れていた。まるで緑の草原のようだ。

通されたのは玄関を入ってすぐの茶の間だった。順平の母親が恐縮しながら冷たい麦茶を運んでくれる。くっついて入ってきたのは幼い弟と妹だ。四つか五つくらいだろうか。

「遠いのにわざわざ来てもろうて、すみません」

「いいえ、こちらこそ。お加減が優れないときに押しかけまして」

頼子と一緒に和昭も頭を下げる。そのとき卓袱台の下をくぐって出てきた弟と目が合った。続いて出てきたのは妹だ。またもぐって、母親が叱ってもやめない。見知らぬ来客が珍しいのか、はしゃぎ回っている。

「すみません、うるさくて。順平にも言うたんですが、この子たちもまだ小さいし、体調のこともあるし、送り迎えするのは無理じゃないんかって思うとるんです」

「そんな。これまで頑張ってきたんですよ」

事情は分かる。でも何とかならないのだろうか。助けを求めるように頼子を振り返った。

「森山さんたちと話してみたんですけど」

落ち着いた口調で頼子が切り出した。

「温泉津から参加しているメンバーに、一緒に乗せてもらってはどがあでしょうか。皆さんのご都合がつかないときには、私か会館のスタッフが送り迎えをしますから」

「そりゃそがしてもらえたら助かりますけどねえ。順平もやめとうはないみたいだし。でもご迷惑じゃないかいねえ？」

「そがなことありませんって」

送り迎えの相談は頼子に任せて、順平と話をすることにした。やめたくない、というのが本心なら戻ってきてもらわなければ。

卓袱台の下にもぐっていた弟を引っ張り出して、二階の部屋に案内してもらった。夏休みの宿題なのか、順平はペットボトルを使った工作をしている。和昭が隣りに座っても振り向こうともしない。

「ごめんな、順平の言った通りだ。俺は何にも分かっちゃいなかった」

順平は答えない。切り込みを入れたペットボトルを黙々と組み合わせている。

「遅れるって連絡、ちゃんとしてくれてたんだよな。お母さんの具合が悪くても、稽古を休もうとは思わなかったんだよな。本当にごめん。送り迎えのことなら何とかなりそうだから、明日からまた稽古場に来てくれよ」

「……そいでも、俺にはできんがァ」

「できるさ。俺だって初舞台のときにはできない奴だった」

順平がびっくりしたように顔を上げた。

そうだ、俺はできない子どもだった。いつも兄貴のかげに隠れてかすんでいた。兄貴のようになれるんじゃないかと学芸会に立候補したけれど、現実はそんなに甘くなかった。

「俺の初舞台は小学校の体育館だった。セリフのある役をもらったけれど、稽古ではなかなか大きな声を出すことができなかった。もうできないって何度も思った。本番の前には足が震えた」

おまえならできる、と励ましてくれた先生を思い出す。うなずくのが精一杯だったけれど、あの言葉に背中を押されて舞台へ駆け出していったのだ。

少年役に選ばれたのは小柄だったからじゃない。先生ができると信じてくれたからに違いなかった。

「できないと思った。だけどできた。どのくらい大きな声を出せたのかは分からないけど、あのとき何かが弾けたんだ。それまでとは違う自分、新しい自分になれたんだ。あきらめてしまっていたら何も変わらなかったと思う」

「俺だって……」

何かを言いかけて、順平が口をつぐむ。目がちらっと、部屋の片隅に置かれた剣道の防具袋に向けられた。うっすらとほこりが積もっている。

「俺……剣道だって上手くなれんかったし、逃げ出してばっかりだ」

「剣道、やめちゃったのか？」

うん、と小さく順平がうなずいた。試合には負けてばかりだし、あとから始めた下級生のほうが上達が早かった。これ以上続けても上手くなれないとやめてしまったのだという。ああ、俺とおんなじだ、と思う。

押し入れに貼られたアニメのポスターが目に入った。そうだ、「自分をかえたくておうぼしました」と書いたのはこいつじゃないか。逃げ出してばかりいる自分を変えたくてミュージカルに参加したのなら、その気持ちを叶えてほしかった。

「続けることって大変だよな」

すべてが上手くいくとは限らない。いや、むしろ壁にぶち当たってばっかりだ。心が弱くなることもある。才能というのはもしかしたら、どんなときでもあきらめずに続ける力のことをいうんじゃないだろうか。

「でもさ、逃げ出したってもう一度やり直すチャンスはあるんだよ。大切なのはやり直すことを恐れないってことなんじゃないのかな。そうすればきっと、また違う景色が見えてくる」

「そがあなこと……」

「やり直しても何も変わらないかもしれない。でも何もしないよりずっとマシなんじゃないのかな。自分を変えたいなら、いまここであきらめてしまうなよ」

順平がハッとして顔を上げた。

「明日の稽古、待ってるから」

肩を叩いて立ち上がった。振り返ると戸口のかげに頼子がいて、ひとつ小さくうなずいた。

言うべきことは言ったと思う。送り迎えは頼めることになったというから、続けるのかやめるのか、決めるのは順平自身だ。

「せっかくここまで来たんだから、寄り道して帰りましょうか」

頼子の提案で温泉津と隣り町の仁摩をぐるっと案内してもらうことになった。

温泉津は世界遺産の一部である港町で温泉街だ。「津」は港という意味だそうで、名前通りの町といえる。車を降りて散策すれば、家屋のすぐ背後に緑の崖が迫っていた。大森と同じように谷筋に沿った細長い町で、昔ながらの温泉旅館が軒を連ねる静かな佇まいだ。大田に来た日にはマックやスタバがないと驚いたが、この町にはコンビニさえないという。けれども何だか、そんなものが必要なんだろうかと思えてきた。

「温泉津は温泉街として初めて、国の『重要伝統的建造物群保存地区』になったんです」

大正ロマンを感じさせる温泉街の先には、江戸時代の面影を残す庄屋屋敷や船問屋が並んでいた。

「こんにちは。どっから来んさった?」

すれ違ったお年寄りがにこにこと挨拶をしてくれる。

リアス式海岸の地形だとかで、山から出たと思うといきなり海だ。温泉津湊《みなと》の先が沖泊《おきどまり》で、どちらも穏やかな波をたたえる深い入り江だ。海面に岸壁の緑が映っている。いまは漁船しか停泊していないが、かつてはこの小さな港町から銀が世界に運び出され、さまざまな物資が到着して賑わったという。江戸時代には北前船の寄港地でもあったそうだ。

「あっちが大森です。沖泊と仁摩の鞆ヶ浦《ともがうら》、銀や銀鉱石を積み出したふたつの港と、それぞれの港に銀を運んだ街道も世界遺産に指定されています」

折り重なる山々の一方向を頼子が指差す。山道を行く銀山街道には当時を偲ぶ石段や石仏が残っているという。

鞆ヶ浦では遊覧伝馬船《てんません》に乗ることができた。漁師さんのガイドで切り立った崖下を通り、岩の間をくぐり、迫力は満点だ。陽射しはまだ強いが、潮風が心地よい。いまはもう住む人がおらず、幻の港と呼ばれる古龍《こりゅう》の入り江をめぐれば、遠い時代を訪れているような気がしてきた。

「琴ヶ浜に寄って帰りましょうか。鳴き砂で有名なんです」

短いトンネルをくぐれば、岩場の入り江とは全く異なる景色が広がっていた。一面の白い砂浜だ。渚がきらきらと光っている。

夕陽が沈みかけていた。帰り支度をする海水浴客の姿もちらほらと見える。

本当に砂は鳴るのだろうか。石段を降り、オレンジ色に染まりかけた海に向かって歩いてみた。きゅっ、きゅっと音が聞こえた。

「すげえ、うぐいす張りの廊下みたいだ」

修学旅行で訪れた二条城を思い出す。

「うぐいす、ですか。琴の鳴るような音っていわれてるんですけど」

頼子がおかしそうにくすっと笑う。そういえば平家落人の琴姫伝説があったっけと思い出した。

温泉津と仁摩、西側のふたつの隣り町と大田市が合併して、新しい大田市が誕生した。その合併十周年記念事業がミュージカルだ。

琴ヶ浜をあとにして、東へと帰っていく。

「明日、順平が来るといいな」

「来ますよ、きっと」

きっと来てくれると信じたい。

国道が海岸線に近づいた。

夕陽を浴びながら、二両編成の列車が走っていく。明るい赤茶色の旧国鉄時代の列車がレンガ造りのトンネルに姿を消していく。まるで映画の一コマを見ているようだ。

「さっき途中から話を聞いていたんですけど……私も本当は逃げ出したんです」

え、と頼子を振り返った。ハンドルを握り、まっすぐ前を見つめたまま、頼子は淡々と言葉を続けた。

「逃げて、大田へ帰ってきたんです」

「……お父さんが亡くなったって聞いたけど？」

「それもありますけど。父が力を入れていた大森の町並み保存を引き継ぎたい。そういえば聞こえはいいですよね。でも本当は、ネイルアーティストって仕事に限界を感じていたんです。私には向いてないって。だから逃げた。逃げ出したことを認めたくなくて、銀山課の仕事を必死でやっていたんです。もっと活性化させなきゃってそればっかりで、何にも見えてなかったような気がする」

大森で熱く語っていた姿を思い出す。もしかしたら頼子も、必死で背伸びしていたのではないだろうか。演出のキャリアがある振りをして、もがいてきた和昭と同じように。

大田市は世界遺産を「文化財を活かしたまちづくり」ととらえているという。車輌の乗り入れを制限しているのはそのためだ。日常の穏やかさと観光の賑わい、一見矛盾するふたつの課題を両立させるための取り組みが続いている。

「それなのに私、結果を出すことにこだわっていたのかもしれません」

　このまちには暮らしがあります。
　私たちの暮らしがあるからこそ
　世界に誇れる良いまちなのです……

『石見銀山大森町住民憲章』はそんな言葉で始まっているという。

「まず暮らしがあるっていうこだわり。それは人を大切にするってことですよね」

「……ミュージカルだって同じだよな」

　まず人がいる。その人たちが楽しめなくちゃ、ミュージカルをやる意味がない。

「私、焦っていたのかもしれません」

「俺も同じだ。焦っていた」

「でもやり直すチャンスはある。そうなんですよね。もっと早く、自分に正直になれば良かったのかな」

　何気ない頼子の一言がちくりと刺さった。俺は正直な自分でいるのだろうか。ずっと抱えてきた後ろめたさが大きく膨らむ。このままでいいはずがない。

翌日の稽古は夕方五時からだった。いつもと同じように三十分前に到着したのに、中ホールにはもうたくさんの参加者が集まっていた。黙々とウォーミングアップを始めていて、どこかいつもと空気が違う。おととい稽古場を放り出した演出家をどう受けとめているのだろう。自分のしたことの重さがのしかかってきた。

何か言わなければ、と思う。でも何を言えばいいのか分からない。

「先生、これあとで食べてみちゃんさい」

三恵子がいつも通りの穏やかな口調で重箱を差し出した。蓋を開けて中を見せてくれる。箱寿司だ。錦糸玉子の鮮やかな黄色が目に痛い。

「この前は食べておっちゃなかったでしょ。先生に食べてもらおうと思うて作ってきたんよ」

先生、の言葉が刺さった。短気を起こして稽古場を飛び出してしまったのに、こんなふうに気づかってもらう資格があるんだろうか。

「俺は先生なんかじゃないんですよ。演出をやるのも振付するのも初めてなんです」

本音が洩れた。これ以上見栄を張って、背伸びをしていても仕方がない。正直になろうと思った途端、すっと気持ちが楽になった。

何を言い出したのかと参加者たちが和昭を見つめていた。ひとりひとりの顔を見回す。大人たちのかげにいた順平と目が合った。来てくれたんだ、と喜びが胸にこみ上げてくる。だったら俺も応えなければ。

「演出なんかできるのかなって、俺はずっと不安だった。だから自信がなくて焦っていた。劇団ドリームでも俺はずっとアンサンブルで、主役をやってたわけじゃないんだ。みんなを失望させるのが怖くて、本当のことを言えずにいた」

みんな身じろぎもせずに和昭の言葉を聞いている。こんなことを口にして良かったんだろうかと不安がよぎった。でも今度こそみんなと本音で向き合いたい。

「だから苛立ってた。自分だけが頑張ってるようなつもりになって、みんなのことが見えてなかった。やっとそのことに気づいたんだ。だからもう一度、俺はみんなとやり直したい。このミュージカルを創り上げたい。稽古場を放り出してしまったくせに、いまさら、かもしれないけど」

頭を下げた。誰も何も言わない。拒絶されるのだろうか。おまえなんかいらないと言われるのかもしれない。みんなが期待していたのは、大きな舞台でスポットライトを浴びていた〝先生〟じゃなかったろうか。

「せわないけ。先生が戻ってきちゃんさって良かったがァ」

柔らかな声が降ってきた。三恵子だ。顔を上げると、いつもと変わらない笑顔があった。

「カズ先生はうちらの先生だけえ。先生が妥協せんのはええ作品を創ろうと思うとるからでしょ。こがに真剣になってくれる先生はなかなかおらんって、室長さんも言うとったよ。だけえ、うちらも頑張らんといけんなあって、おとといみんなで話をしたがァ」

　参加者たちが一斉にうなずいた。だからみんないつもより早く集まって、黙々とウォーミングアップをしていたのか。

「それじゃ発声練習を始めましょうか」

　令子が何事もなかったかのように立ち上がった。みんながピアノの周りに集まる。たちまち稽古場に元気な声が響き始めた。もう一度頑張ってみろと背中を押してくれているようだ。

　頼子がコーヒーの入ったマグカップを持ってきた。何だか少し照れくさい。

「……こんな俺でも良かったんだ。もっと早く打ち明けておけば良かった」

「私『金のガチョウ』を観たことがあるんですよ」

「え……？」

　和昭が劇団ドリームに入ったばかりの頃に出演したファミリーミュージカルだ。

「赤い帽子で、茶色いベストを着ていたのがカズ先生ですよね？」

　セリフなんか一言もない〝町の男〟だった。それでもちゃんと観てくれていた人がここにいた。俺は何にこだわっていたんだろう。

もしかしたら頼子も文雄もほかのみんなも、和昭がアンサンブルしか演じていないことをとっくに知っていたんじゃないだろうか。そのくらいネットで調べればすぐ分かる世の中だ。それでもみんな、いま目の前にいる和昭を信じてついていこうと決めてくれたのだ。だったらその思いに応えたい。

松江っていいところよ、と大田に来る前に朝子から言われた。いっぺん行ってみーだわ、と良恵も言っていた。

大田はええとこで。来てみんさい。

誰もが胸を張って言えるように、ミュージカルに参加して良かったと思えるようにしなくては、ここにやってきた甲斐がない。

プロローグからじっくりと稽古をやり直した。細かい段取りにこだわるのはもう止めにした。まずは順平にやりたいように演じてもらう。そのなかで良いところを伸ばしていけば、それでいい。

ダンスもまだバラバラだ。間違ってしまった透がしゅんと下を向く。

「いいぞ、ずい分良くなった。もう少しだ」

え、とみんなが一斉に目を見張った。

「あともう少し気をつければもっと良くなる。透、ターンのあとのステップは右から踏み込むんだぞ。順平、クロスオープンのあと、決めポーズをしっかりつけて」

妥協はしない。けれども「違う」「そうじゃない」はもう言わないと決めていた。

劇団ドリームにいた頃、ブロードウェイから演出家がきたことがあった。大劇場の公演にはキャスティングされていなかったけれど、どんな演出をしているのか見てみたくて、こっそりと稽古場を見学した。

――素晴らしい！　君たちは最高だ、ブロードウェイでも通用する！

最初の一言はいつも「エクセレント！」だった。その上で、ここをこうしたらもっと良くなるとつけ加えた。ダメ出しは長かったけれど、悪いところだけではなく、良かったところもちゃんと褒めていた。ダメを出す、悪いところを伝えるダメ出しではなく、英語ではNOTEというのだとそのとき知った。いいところも悪いところも両方アリなのがNOTEだ。その頃劇団の演出家に叱られてばかりで自信を失いかけていた和昭は、こんなふうに褒めてもらえたらと羨ましくてならなかった。

誰だってきっと同じだ。できないと指摘されるよりも、できると認めてもらったほうが嬉しいに決まっている。あの演出家の真似をしてみようかと思いついた。

「すごいぞ、これならブロードウェイだって行けそうだ」

「ブロードウェイ？　何じゃ、それ？」

きょとんとした子どもたちに説明する。

「えーと、サッカーならワールドカップの決勝リーグに進出するようなものなんだよ」

「すげえ！」

「すごいだろ？　ブロードウェイに行きたいか？」

「うん！」

「よおし、ミュージカルしようぜ。目指すはブロードウェイだ！」

拳を突き上げる。

そうだ、目指すならきっと世界だ。石見銀だって世界に羽ばたいていったじゃないか。

第十章　ナイスフォロー！

ミンミンゼミの鳴き声がジィージジジとうるさいアブラゼミに移り、夏の盛りが訪れると共に稽古場は活気にあふれるようになった。部活だの塾だのと稽古を休んでいた子どもたちが戻ってきたのだ。「ダメだ」「そうじゃない」と否定ばかりして、彼らを稽古場から遠ざけていたのは自分だったとようやく気づいた。

「いいぞ、最後のポーズがぴたりと決まった」

まず褒める。そのたびにみんなの表情がパッと輝く。

「もう少し。今度は腕の角度が揃うように気をつけよう」

課題を伝える。目標をクリアしようと、休憩中にも教え合う姿が多くなった。

お盆が明けると、海の色が鮮やかなブルーから深い青緑へはっきり変わった。やがてツクツクボウシが鳴き始め、夏の終わりを感じさせた。

稽古場には小道具が揃い、衣装合わせも行なわれた。動きにくいところ、踊りにくいところがないかどうかチェックする。着物の裾さばきがどうしても上手くいかないところがあって振付を変更したが、文句を言う人はひとりもいなかった。出番がないときにエントランスロビーに集まって、自主稽古をしていたほどだ。

さやかは「このときの気持ちですけど」と自分から積極的に質問しにくるようになった。台本をのぞくと、びっしり書き込みがしてある。つうと矢吉の別れのシーンで、稽古場からすすり泣きが聞こえるようになった。

稲穂が黄金色に実り、朝夕は涼やかな風が吹き始めた頃、中日《ちゅうにち》つぁんのステージに立つことになった。

中日つぁんは四百年以上の歴史を持つ大田の伝統行事だ。屋台や露店がずらりと並ぶ彼岸市で、通りは人であふれ返る。年に二回、春と秋の彼岸の中日に催されるので、中日つぁんと呼ばれるようになったそうだ。

そのイベント会場の仮設ステージで、公演の宣伝を兼ねて歌と踊りを披露した。持ち時間は十分しかなかったし、狭い舞台だ。けれども初めて一般のお客さんたちから拍手を浴び、誰もが頬を紅潮させた。人前に立つことへの独特の緊張感、それを乗り越えたときの達成感は稽古場では得られない貴重な体験だ。

そして今日。大ホールで最後の舞台稽古が行なわれた。明日はいよいよ本番だ。

ゲネプロは無事に終了した。衣裳をつけ、メイクをし、照明も音響も美術もすべて本番通りに行なわれる通し稽古がゲネプロだ。ドイツ語で総稽古を意味するゲネラルプローベのことだという。

順平は今日もピルエットでよろけてしまった。稽古場では成功率が上がっているのだが、舞台に上がると失敗をくり返している。順平はあがり症で、緊張するとできるはずのことができなくなってしまうらしい。剣道もそのために結果を出せずにやめたようだ。

コーラスサークル風ぐるまのおばさまたちは手振りをマスターしてくれた。話し合いを重ね、やりづらいという動作やきっかけを変更した成果だ。けれどもひとりだけ、直立不動しているのが七十一歳の山崎元子だ。頑なに「できんがァ」と言い続けている。

そしてもうひとり、一番気になっているのがめぐみだった。誰もが前向きになり、自主練習に励むようになった中で、置いてけぼりをくったように精彩を欠いていた。振付を間違えているわけではないが、表情が沈んでいる。

ゲネプロを終え、客席に集まったキャストを前に、和昭は声を張り上げた。

「今日の通しは九十点！」

えーっと不満の声が上がる。でも今日が百点だったら明日の目標がなくなってしまう。

「あと一歩じゃないか。明日こそ百点を目指そう。そのためには……」

いくつかの注意点を与える。指先まできちんと神経を行き届かせること、セリフのないときも集中すること、目線を上げること、マイクで声が拾えなかったところの立ち位置や登場のきっかけも修正した。

「それから一番大切なことを言うぞ」

キャストの顔が一斉に引き締まった。

「今晩は早く寝ること。明日は朝ご飯をしっかり食べること。いいな？」

「はいッ！」

誰もが真剣にうなずく。当日になって体調を崩して出演できないなんてことだけは起こらないでほしい。

明日の集合時間やタイムテーブルなど、連絡事項を伝えて解散した。めぐみに声を掛けようとしたとき、気まずそうな顔をしている元子と目が合った。放っておけない。

「大丈夫ですよ、山崎さん。本番は明日じゃないですか。明日できればいいんです。できないと思ってたら、やってほしいなんてお願いをしませんから」

「そがかいなァ……みんなの足を引っ張っとるような気がしてやれんわァ」

やれん――やってられない、いたたまれないというニュアンスだと察しがついた。できないと意地を張っているのかと思っていたが、どうやらそうではなかったようだ。

楽屋代わりの中ホールへ戻る元子の後ろ姿はしょんぼりしていた。小さな背中がますます小さく見える。

「どうしたらいいんでしょうね」

振り返ると頼子がいた。スタッフ席のマグカップを片付けにきて、いまの会話を聞いたらしい。

「手振りを止めたほうが良かったんでしょうか」

「うん、俺も一度はそう考えた。でも思い直したんだ。いまさら止めたら山崎さんは自分のせいだと落ち込むだけなんじゃないのかなって」

「あ……」

「止めなくて正解だった。山崎さんはやる気がないわけじゃない。だったら最後まであきらめてほしくない」

そうですね、と頼子がうなずく。

——できんと思うとったのにできたんだけぇね。

三恵子と同じように笑ってもらえると信じたかった。

元子や頼子と話をしている間に、客席からキャストの姿は見えなくなった。いまならまだ、楽屋代わりの中ホールにいるだろうか。探しに行こうかとしたときに、めぐみがひょっこり戻ってきた。ダメ出しのときに置き忘れたタオルを取りに来たらしい。

「めぐみ」

呼び止められて、めぐみがびっくりしたように振り返った。その傍に歩み寄る。ちゃんと話をしておきたかった。

「ちょっといいかな。聞きたいことがあるんだけど」

「……何ですか」

警戒したような声が返ってくる。めぐみと並んで客席に腰を下ろした。

「めぐみはさ、本当はつうをやりたかったのかな」

ハッとしたように身体を固くする気配が伝わってきた。やっぱりそうだったかと合点がいった。

「白い鳥なんかやりたくないって思ってるのかな」

「……そんなの決まってるし。十八人もいて、みんな同じ衣裳を着て、どこにいるのか分からない白い鳥なんかやり甲斐ないよ」

「そうか。でもめぐみはやめなかったよな。本当は配役を発表したとき、めぐみがやめるって言い出すんじゃないかってひやひやしていた。でも最後まで続けたじゃないか。すごいことだよ」

「すごくなんかない」

めぐみはうつむいてしまう。

「どうして？　やりたくない役でも最後までちゃんとやるって、すごいことだと思うけどな」

「あたし、別に白い鳥がやりたくて続けたわけじゃないけ。大国先輩がいるから続けてきただけなんでェ……」

矢吉の翔は中学校の先輩なのだそうだ。めぐみが入学してバスケットボール部に入ったとき、男子キャプテンが翔だったという。

「まさか一緒にミュージカルをやれるとは思わんかった。先輩は人気があるけ、振り向いてもらえるはずはないけど、ちょこっとでも仲良くなれたらええって思うたんよ。そいだけえ張り切ったのに」

「そうか、だから主役をやりたかったんだ。俺も同じだ」

え、とめぐみが顔を上げた。

主役を目指して、配役を決めるための劇団内オーディションを何度も受けた。名のある役をやりたかったが、選ばれなかった。主役をやれないなら芝居を続けても意味がないと逃げ出した。それがとんでもない思い違いだったといまなら分かる。

「俺もさ、自分を認めてほしかったんだ。俺の場合は特定の誰かに、じゃなくて、みんなに、だけど。だから主役をやりたかった。目立たないちっぽけな自分じゃなくて、特別な誰かになりたかった。セリフのない小さな役でも見てくれる人はちゃんといるのに、気づかなかった」

頼子が〝赤い帽子の町の男〟を覚えていてくれたのは、劇団に入ったばかりで、舞台に立つことが楽しくてたまらなかった頃の自分だったからに違いない。いつの間にか、その気持ちを忘れていた。そんな奴、主役に選ばれなくて当然だ。

「舞台って平等じゃないって言っただろ。全員が主役になれるわけじゃない。でもさ、主役だけがいたって幕は開かない。キャストが全員揃っても幕は開かない」

和昭は舞台に目を向けた。めぐみの視線があとを追う。

舞台ではスタッフが作業を続けていた。舞台監督の伊藤は転換がスムーズにいくように段取りを確認している。照明の谷口は照明機材の角度を変え、明かりを照らすエリアを修正していた。音響の青木は床面に設置したマイクにカバーをかぶせている。作業中に誤って蹴飛ばしてしまうことを防ぐためだ。新人クンの大国は明日に備えてモップがけを始めている。頼れるスタッフたちだ。

「舞台を支えてくれるたくさんの人がいる。衣裳を作ってくれた人たちや、本番当日に受付をしてくれる人たちや、それから送り迎えのお母さんたち、その人たちがいなければ幕は開かない。目立つ役を演じることだけが特別な誰かじゃなかったんだ。舞台を支えようって気持ちがあれば、ひとりひとりが特別な存在になれるんだ」

「……白い鳥でも？」

「白い鳥でも」

和昭は大きくうなずいた。

「舞台ってのは平等じゃない。たぶん人生や世の中も同じなんだ。頑張った人が全員一番になれるわけじゃない。思い通りにいかないことも多い。望んだ道を歩めないこともある。でもさ、そこで腐ってしまったらおしまいなんだ。大切なのは人からどう評価されるかじゃない。自分なんだ。自分が自分であればいい。たとえ与えられた役割でも力を尽くせば、そこに自分の居場所を見つけられるんじゃないのかな」

いまはまだ分からないかもしれないけど、とつけ加えたが、めぐみは「ううん」と小さく頭を横に振った。

翌日は快晴だった。朝起きるなり窓の外に目を向ければ、空は高く澄みきっていた。秋の陽射しに、山の緑はしっとりと落ち着きを増している。

十月四日、いよいよ公演の日が訪れた。半年間の稽古の集大成だ。

いつも通り、春枝が作ってくれた味噌汁をすする。この半年ですっかり馴染んだ合わせ味噌の優しい味だ。シジミがあふれんばかりに入っている。

しっかり朝ご飯を食べるように言ったくせに、胸がつまって食べられない。

「いってきんさい。あとから会場に行きますけえ。楽しみだわァ」

春枝に見送られ、文雄の車で会館へ向かう。いつもならあれこれと他愛ない話をするのだが、今日は会話が続かない。

稲刈りが終わったばかりの田んぼが続いていた。この間まで豊かに実った稲穂が揺れていたのに、どこかもの寂しく感じられる。季節は移り変わっていくのだ。

車が市民会館に到着した。ひんやりとした空気に身が引き締まる。

正面入り口には『ミュージカル石見銀山物語』と大書され、造花で飾られた看板が立てかけられていた。ついにこの日がやってきたと熱いものがこみ上げてくる。半年前、初めてここを訪れたときにはどうなることかと不安でいっぱいだったのに。

「おはようございます！」

透が元気に隣りを走り抜けていく。

中ホールはすでに熱気に包まれていた。セリフ合わせをしている村人たちがいれば、ポーズを確認している敵兵たちもいる。ピルエットをくり返しているのは順平で、隣りでコツを教えているのは――めぐみだった。

「さっきからずっと、つきっきりなんです」

そっと歩み寄った頼子が嬉しそうにささやいた。めぐみの表情は晴れやかだ。ふっきることができたのだろうか。

お手本のピルエットをきっちり決めためぐみと目が合った。

「……おはようございます！」

ちょっと恥ずかしそうな、でも明るい声が響く。昨夜話をして良かった、めぐみの心に届いたんだと喜びがあふれてきた。

朝九時、全員が集合した。大ホールのロビーに移動して、ストレッチと発声を行なう。最初の頃はあんなに体が硬くて声も小さかったのに、いまじゃ見違えるようだ。令子と香澄に仕切りを任せて、ひとりひとりを見て回る。こうして全員で発声をするのは今日が最後だ。

「おはようございます。みんな、朝ご飯はしっかり食べたか？」

「はいっ」と元気にうなずく子も、「半分しか食べられんかったわァ」と苦笑するおばさまもいた。でもみんな表情が活き活きしている。これなら大丈夫だ。

「チケットは売り切れている。千人以上のお客さまが来場する。だけど緊張することはないんだぞ。いつも通り思いっきりやればいい」

誰もが真剣にうなずく。

舞台でダンスナンバーとコーラスを確認したあとは、すぐに開演に向けてのスタンバイに入った。開演は一時。メイクをしたり、髪の毛を結ったり、時間はあるようでない。

「おはようございます」

「よろしくお願いします」

子どもたちがすれ違うスタッフに挨拶をしている。思わず頼子と顔を見合わせた。

何も言わずに黙ってトイレに行っていた子どもたちとは思えない成長ぶりだ。

「もう少しで始まりますなァ」

しみじみとした声に振り返ると、文雄が子どもたちを見つめていた。そうだ、もう少しで幕が上がる。長いようで短い半年だった。

「正直なことを言うと、最初はどがな先生が来るのかなあって不安だったんですわ」

文雄の目がいたずらっぽく笑っている。頼子が大真面目にうなずいた。

「私もです。ナメられてたまるかと思っていました。東京から来た先生なんてどうせ、大田のことをイナカだからって馬鹿にして、素人だからたいした舞台にならなくて当たり前って妥協して終わるのかなあって」

耳が痛い。東京の目線でしか物事を見ていなかった。マックがないだのスタバがないだの、列車が二輛編成だの、とんでもないところに来てしまったと焦りもした。大切なのはそんなことじゃなかったのに。

「ほいだが、こがに熱心にやってくれるとはなあ」

「はい、あんなに真剣に怒ったり文句言ったりするなんて思いませんでした」

「俺、そんなに文句言ったりしたか？」

「しました」

生真面目な表情で頼子がうなずく。稽古場にいつもいてくれたのは頼子だったから、何かにつけ頼っていいた。愚痴もいろいろ聞いてもらった。演出の仕事のことなんてろくに分かっていなかったから、突っ走るしかなかった。きっと思っている以上に迷惑を掛けたに違いない。

「おかげで助かった。ありがとう」

「え……」

改まって頭を下げた和昭に、頼子が目を丸くした。そういえばきちんとお礼を言ったのは初めてかもしれなかった。

「そがだなあ。初めての仕事で苦労しとったけど、ようやってくれたがあ。おかげさんで助かったわ」

文雄もひょいと頭を下げる。頼子が顔をまっ赤にして首を振った。

「止めてください、そんな。私こそ良い経験になりました」

ふと思った。何もかも丸投げしやがってと思っていたが、もしかして文雄は銀山のことしか頭にない頼子に経験を積ませようとしたのではないだろうか。そのくらいのことはやりかねない男じゃないか。そしてもしかしたら、頑張らざるを得ない状況に追い込まれたのは自分も同じかもしれなかった。

舞台を捨てて逃げ出したという思いをずっと引きずっていた。でもいまは違う。あと少しでやり切ることができるのだ。

「あと一息ですね。よろしくお願いします」

改めてふたりに頭を下げた。同志。そんな言葉がちらりと浮かんだ。


会館の前には長い行列ができ、十二時になると同時に開場した。

お客さまが足早に客席へ向かう。受付を手伝っているのは婦人会のおばさまたちや参加者のお母さんたちだ。ロビーにはこの半年間の稽古風景を撮った写真が飾られていた。稽古を始めたばかりの頃の緊張した顔、読み合わせ風景、初めての通し稽古、懇親会……さまざまなできごとが次々と浮かんでくる。

文雄が忙しそうに走り回っていた。文化芸術協会の田中や白髪頭のミュージカル実行委員たちがにこやかに挨拶を交わしている。孫の舞台を観にきたらしい老夫婦がいた。「こんにちは！」と元気に挨拶する子がいて、誰かと思ったらオーディションを受けにきたサッカー少年だった。

駐車場にはずらっと車が並び、職員が別の駐車場へ誘導しているほどだった。

「小国くん！」

呼びかけられて振り返ると松田専務がいた。そういえば何日か前に、日帰りで公演を観に来ると聞いていた。どうやら大田に到着したばかりらしい。

「ご無沙汰しています」

「いやあ、すごいねえ、盛況じゃないか。大田でオリジナルミュージカルができるなんて思わんかったがァ」

大田弁が飛び出している。松田は顔を上気させ、わいわいとお客さんがあふれるロビーを見回していた。

「出演者もスタッフも、みんな頑張ってくれました。いい仕上がりになったと思います。期待してください」

自信を持って言える。きっと今日は百点満点に違いない。

うん、と松田が目を細めてうなずいた。専務に評価されたい、評価されなければと思っていたが、いつの間にかそんな気持ちは消えていた。それよりもみんなが笑顔で今日の公演を終えてほしい。

開演十分前になった。間もなく出演者たちは中ホールから舞台袖へ移動する。

和昭は集合をかけると、一同の顔を見回した。表情が強張っている。緊張するのも無理はない、初めての大舞台だ。

「みんな、今日まで頑張って稽古してきたよな。頑張った自分に拍手！」

一瞬きょとんとした顔になったが、すぐに誰もが力強い拍手を始めた。ひとりひとりの顔を見つめる。めぐみがいる。さやかがいる。順平がいる。三恵子がいる。天領太鼓のメンバーも風ぐるまのおばさまたちもいる。順平の表情はどこか硬く、元子は何だか不安そうだ。

「終演後、もう一度自分に拍手できるように頑張ろう。よくやったって言えるように力を尽くそう」

元子の目がじっと和昭をとらえた。その隣りで順平が大きくうなずいている。

「大丈夫。できる」

力強く励ましたあとで、ちょっと考えてからつけ加えた。

「せわないけ」

不器用な大田弁にどっと笑い声が上がった。

それぞれがそれぞれの思いを持って、このミュージカルに集まってきた。その思いが実ってほしい。

暮らしの中にミュージカルや芝居がなくても生きていくには困らない。でもあればもっと輝ける。だからミュージカルをしよう。

和昭は声を張り上げて問い掛けた。

「みんな、ブロードウェイに行きたいか？」

「おー！」

「ミュージカルしようぜ。目指すはブロードウェイだ！」

大小さまざまな拳が突き上がる。

今日が初日で千穐楽《せんしゅうらく》。たった一度きりの公演だ。チケット代はたった八百円。一万円を超えていた劇団ドリームとは桁が違う。でも熱意ならブロードウェイにだって負けやしない。悔いが残らないように、この半年のすべてをぶつけてほしい。

舞台監督の伊藤とその助手を務める新人クンの大国に挨拶をして客席へ向かった。大国はこの半年でずい分としっかりしてきた。もう新人クンと呼んでは失礼だろう。照明の谷口と音響の青木はすでに自分のポジションについている。

最後方の客席に座った。隣りは頼子。その向こうに令子と香澄が並んでいる。

「ドキドキしてやれんわァ」

「ちゃんとできるかいねぇ」

仕事を調整し、家事をやりくりして稽古に通い続けてくれた令子と香澄だ。自分が舞台に立つかのように緊張している。ふたりには今日までずい分助けられてきた。技術的なことだけではなく精神的にもだ。たくさんの人に支えられて今日を迎えたのだと改めて思う。

開演ベルが鳴り、おしゃべりで賑わっていた客席がしんと静まり返った。川上が指揮棒を振り上げ、オープニング音楽が始まる。劇中で使うナンバーのメドレーだ。いよいよ幕が上がる。本番はキャストのものだ。ここから先は見守るしかない。

何度も稽古したプロローグが始まった。

「ええかいな」

「おお、どがした」

順平の声色は落ち着いていた。五百羅漢のいわれを語り、銀山に長い戦いがあったことを振り返る。堂々と石工を演じ切った。

銀の里のシーンとなり、さまざまな道具を手に村人たちが登場した。スタッフたちが手作りしてくれた小道具だ。ボサのかげに仕込んだマイクがワイヤレスを持たない村人たちのセリフを拾っていく。

銀をめぐる長い戦が続いており、村の男たちは戦に出掛けたまま帰ってこない。家族の無事を祈り、穏やかな暮らしが戻ってくることを村人たちは願う。

そこへ怪我をした矢吉が里に迷い込んできた。助けるか追い出すか、つうと村人たちの意見が対立するナンバーが始まる。川上がさんざん悩んだデュエットだ。つうの凛とした歌声が響く。私なんか、とうつむいていたさやかとは別人のようだ。

和太鼓の音が響き渡り、敵兵たちのダンスナンバーが始まった。銀山に迫りくる戦いを表現した力強いダンスがくり広げられる。「俺にはできんがァ」と泣いていた順平が見事にピルエットを決めてみせた。よし！　と思わず拳を握りしめた。

歌えば踊れない、踊れば歌えなかった子どもたちが、元気いっぱいに歌いながら踊っている。銀の里で暮らすようになった矢吉と親しくなり、手押し車を作ってもらって大喜びするシーンだ。三恵子がいつも通りの笑顔を浮かべて、子どもたちを見守っている。あの笑顔に何度励まされたことだろう。

子どもたちに手をひかれ、つうがダンスに加わった。くるっとターンしたときに、その袂からはらりと白い花が落ちた。

「あ……！」

並んで座っていた四人が一斉に息をのんだ。矢吉に渡すことになっている白い花だ。花はボサのかげに隠れてしまって、落としたことに気がつかないのか、誰も拾おうとしない。子どもたちと三恵子が去り、つうと矢吉のシーンが始まった。お互いの優しさに惹かれあっていくシーンで、つうが銀の里に対する思いを語り、白い鳥たちがふたりの周りを舞う。つうが矢吉に白い花を渡すのはすぐあとだ。袂に手を入れ、白い花がないことに気づいたさやかはどうするだろう。ボサのかげに落ちていることを見つけてくれるといいのだが。

白い鳥たちが去っていく。そのときすっと列を離れた白い鳥がいた。めぐみだ。ボサのかげから花を拾ってつうに渡すと、さり気なく羽ばたいて去っていった。

――いいぞ、めぐみ。ナイスフォローだ！

暗い客席で、頼子と大きくうなずき合った。

物語は進行した。窮地に追い込まれる銀の里、矢吉の裏切りを知ったつうの悲痛な叫び、そして敵の大将が放った矢に倒れるつう……。

「白い鳥よ、この里の祈りをのせて天高く羽ばたいておくれ。安らぎの日々が訪れてくれるように……」

つうの言葉に応えるように白い鳥たちが舞う。思いが受け継がれたことを示すように、紗幕の向こうに石工のシルエットが浮かび上がった。村人たちに扮した風ぐるまのメンバーも加わり、『白い鳥よ』の大合唱が始まった。

みんなが一斉に空の彼方へ手を差し伸べる。元子の右手がちょっと動いた。ハッとして身を乗り出すがそこまでだ。ダメだったか、と肩を落とした。元子にも笑顔になってほしいと思ったのに。

二コーラスめが始まった。「白い鳥よ」と呼びかけながら風ぐるまのメンバーが一歩前へ踏み出す。そのときだった。みんなより一拍遅れて、元子が大きく前へ歩み出た。

――できたじゃないですか、山崎さん……。

コーラスを終えた元子に、晴れ晴れとした笑顔が広がっていく。

大ホールは大きな拍手に包まれた。全員でお辞儀をしたあとで、三人のキャストが舞台前面に仕込んだマイクの前に歩み出た。

「皆さん、今日はご来場ありがとうございました。たくさんの人に支えられて、今日の公演を迎えることができました」

セリフが一言しかないと頬を膨らませていた村人役の千晴だ。一番端っこで踊っていた白い鳥の綾音が挨拶を続ける。

「十月一日、大田市、温泉津町、仁摩町が合併して十周年になりました。そしてこのミュージカルは合併十周年記念事業として誕生しました」

「ぼくたちの石見銀山の物語です。ぼくたちは次の十年へ向かっていきます」

セリフが一言もなかった敵兵の透だ。あと一言、ロビーでお客さまを見送ることを告げれば舞台が終わる。透が大きく息を吸った。

「半年間、ぼくたちを指導してくれた先生をご紹介します。厳しいけど温かい、ぼくたちの先生です」

「センセーイ!」

舞台上の出演者たちが一斉に和昭を呼んだ。

いつの間に明かりを仕込んでいたのか、誘《いざな》うように客席通路が照らし出されている。

客席に拍手が湧き起こった。早く早くとみんなが舞台から手を振っている。

「ほら、カズ先生。みんなが呼んでますよ」

呆然として動けないでいる和昭の背中を頼子が押した。その向こうで、令子と香澄が鼻の頭をまっ赤にして手を叩いている。

拍手に押されるようにして、みんなの待つ舞台に上がった。わあっと歓声が上がり、センターに引っ張り出された。

スポットライトが眩しい。でもそれよりも眩しいのはやり遂げたというみんなの笑顔だ。

「先生、ありがとうございました。今日の公演を迎えられたのはカズ先生のおかげです」

花束を抱えためぐみが挨拶をした。

いや、そうじゃない。みんなが頑張ったからだよ――。

答えたいが、言葉にならない。

受け取った花束を高々と掲げる。拍手を送ってくれるみんなの顔が涙で滲んでよく見えない。声をふりしぼった。

「……みんなと出会えたこと、みんなと力を合わせたこと、一生の宝物になりました」

そうだ、宝物をもらったのは自分だ。こんなに素晴らしい出会いがあった。最初に空港に到着したとき、良いご縁なんてあるものかと思ったけれど間違っていた。縁結び空港、本当じゃないか。

「大田でオリジナルミュージカルができた。みんなのことを誇りに思います」

すすり泣く声が聞こえ、涙でぐしゃぐしゃになった顔がちらりと見えた。もう言葉が続かない。

「ありがとうございました……！」

深々と頭を下げた。

透がロビーでお客さまをお見送りすることを告げ、出演者たちが客席通路を駆け出していく。ひとりひとりの後ろ姿を見送った。ひと回りもふた回りも、その背中が大きく見える。

やがて全員の姿がロビーに消えた。

お客さんたちのざわめきも次第に遠のいていく。

セットだけが残された舞台を振り返った。

終わったんだ――。

これでもう、みんなとはお別れなんだ。幕は下りた。誰もが日常へ帰っていく。そして自分も、明日は東京へ帰るのだ。

ずっと目をそむけてきた寂しさが腹の底から突き上げてきた。

エピローグ

翌年四月。

サンライズホテルの正社員として和昭が働き始めて、間もなく半年になろうとしていた。あっという間の半年だった。最初はネクタイを締め、スーツを着込んで出勤する毎日に緊張した。人に会うたび名刺交換をするのも、エクセルの使い方を教えてもらうのも初めてで、無我夢中で毎日が過ぎていった。ようやく少しは仕事を覚えてきたといえるだろうか。

いま営業企画部が取り組んでいるのは「シューカツ生応援キャンペーン」だ。シューカツのために上京した大学生に宿泊料金を割引きするサービスで、地方都市の大学生協に売り込む予定だ。学生のときにサンライズホテルに泊まってもらうことで、社会人となったあとも利用してもらうことが狙いだが、和昭の脳裏には大出で出会った子どもたちの顔が思い浮かんでいた。故郷を離れて就職する若者たちが少しでもリラックスできるプランにしたいと思っている。

企画書を打ち込んでいたパソコンから顔を上げ、和昭は窓の外に目を向けた。

山が見えない――。

灰白色のオフィスビルに切り取られたわずかばかりの空に、和昭は小さく息をついた。外を見るたびに、ああ山が見えないんだと寂しさが胸をかすめる。どこにいても山が見えた大田の光景が懐かしく思い浮かぶ。

初めて大田を訪れてからもう一年が過ぎていた。顔と名前の一致しない七十八人の出演者を前に、ジタバタしていた日々がつい昨日のことのようだ。みんなどうしているのだろう。

夏休みにでも大田に行ってみようか。もう一度ゆっくりと石見銀山の遺跡を訪ねてみたい。去年は稽古で行けなかったが、「天領さん」のお祭りでは代官や与力などの姿に扮した人々が大森の通りを練り歩くそうだ。温泉津の温泉旅館にも泊まってみたいし、三瓶山にも行ってみたい。出雲のワイナリーや「行ってみーだわ」と誘われた松江にもまだ行っていない。

でも、自分はもうただの旅行者にしか過ぎないのだろうか。ともに笑い、ともに泣いたあの日々はどこへ行ってしまったんだろう。もう二度とあんな密接な時間は戻らないのか。

そんなことは当たり前だ。分かり切っていたことじゃないか。

感傷を振り払うように、和昭は席を立ってサーバーからコーヒーをいれた。一緒に残業している先輩の知美にも持っていく。

「どうぞ」

「あ、ありがと。小国くん、気が利くね」

「いえ」

稽古中に頼子がいつもさり気なくコーヒーをいれてくれた。その気づかいが嬉しかったから真似しているに過ぎないのに。

デスクの上の試算表に気づく。

「それ、明日の会議で使う資料ですか。コピーしましょうか」

「うん、お願い」

先回りして仕事をしてもらえれば助かる。それも頼子や令子たちから学んだことだ。人は人に支えられている。だから支える側にもならなくては。

戸惑うこともまだまだ多い。そのたびに「せわないけ」と言い聞かせてきた。できんと思うとったことでもできるのだ。

コピーをとってデスクに戻ると、スマートフォンが鳴った。松田文雄。懐かしい名前が表示されていた。

「はい、小国です」

「先生、ご無沙汰しとります。大田の松田ですがァ」

久しぶりに聞く大田弁がじんわりと胸に染みた。

来週の木曜日、日帰り出張で頼子と東京に来ることになったという。

「どこかでお会いできんかと思いましてなあ」

「ええ、ぜひ」

声が弾んだ。最終便は午後六時半。半休をとっても構わないから会いに行こう。

待ち合わせはサンライズホテル浜松町のコーヒーショップだった。来客との打合せを終え、和昭は早退扱いで浜松町へ駆けつけた。

窓際の席に文雄と頼子が座っていた。ふたりともぴしっとスーツを着込んでいる。

「お待たせしてすみません」

「……ネクタイを締めたカズ先生って初めて見ました」

頼子にまじまじと見つめられ、照れくさくてたまらない。

「みんな、どうしてるんですか。元気なのかな」

「この前、順平くんに会ったんですよ。もう一度剣道を始めたそうです」

「へーえ」

ミュージカルに参加したことが何かのきっかけになったのだろうか。そうだとしたら嬉しいのだが。

さやかは三学期の学級委員を務めたそうだ。初めてのことだという。

コーラスサークル風ぐるまのメンバーは、香澄が始めたエアロビクスの教室に通っているという。今年の合唱コンクールでステップを取り入れようかと話し合っているらしい。元子のステップ、見てみたいものだ。

「それから噂なんですけど、めぐみちゃんと翔くんがつき合ってるみたいです」

「はいィ？」

めぐみの奴、振り向いてもらえるはずがないとか言ってたくせに、かげでしっかりアプローチしていたのだろうか。たいしたものだ。

あれから半年、それぞれが次の一歩を踏み出しているようだ。

てきぱきと報告をする頼子と穏やかに笑っている文雄。何だか大田に戻ったようだ。

「日帰り出張なんて大変ですね。銀山課の仕事ですか」

「そがなようなもんですわ」

石見銀山から女性の活躍を発信する――。

女性の社会進出について話し合う関係省庁のシンポジウムで、頼子が《家の女たち》の活動報告をしてきたという。

「カズ先生、大森でウーマンパワーがすごいって言ってらしたでしょ。観光だけが地域の活性化じゃない、情報発信をしたり、いろんな形で取り組むことができるって気づいたんです」

「そいでこがな企画も渡されましてな」

文雄がクリアファイルを差し出した。ミュージカル、という言葉が見えて胸が鳴った。ドキドキしながら企画書に目を通す。

夏休みに五日間のミュージカルスクールを開催しよう、歌や基本的なステップを取り入れて、十五分ほどの短い作品を仕上げ、保護者たちの前で発表する、ミュージカルを体験してもらおうという企画だった。

「観光だけじゃないんですよね。市民が元気になることこそ、地域の活性化につながるって分かったんです」

「うん」

五日間なら夏休みを利用できる。大田でまたミュージカルができるんだろうかと期待が膨らんだ。

「ほいだが今年度の文化芸術予算はゼロなんですわ。もう残っとらんのです」

文雄が神妙な声で告げる。

なんだ、ダメか。地方都市の厳しい現状を突きつけられたようで肩を落とした。

「そいだけ、よその部署にお願いして、地域振興費で予算をつけたんですわ」

「今度は三瓶か温泉津の題材はどうでしょうね？」

「え……？」

そんな裏ワザがあったのか。

ぽかんと口を開けた和昭に、頼子がにっこりと笑いかけた。

「ミュージカル、しましょう」

大田の山並みが目に浮かんだ。ゆったりとした時間の流れる懐の深い町、せわしないけど笑顔の浮かぶ町、もう一度あの場所へ帰れるんだと胸が弾む。今度はどんな試みができるだろう。きっとまた、新しい世界がそこで始まる——。

本作は書き下ろしです。
本作品はフィクションです。実際の人物や団体、地域とは一切関係ありません。

読むといいよー
情報系女子
またたびさんの事件ログ
日野イズム
Ms.MATATABI's Case Log
ISM HINO
理系女子《リケジョ》ミステリー
天才的な研究者がキャンパスの謎を解く！
論理か感情か!?
あなたのココロが試される！
TO文庫
ISBN978-4-86472-333-6

読まないと
罰が当たる
ぞ！
関口暁人
Akihito Sekiguchi
神様刑事
Kamisama Deka
警視庁犯罪被害者ケア係
神野現人の横暴
最強の傲慢刑事が魅せる
奇跡のドラマチック・
ミステリー!!
予測不能な
ドンデン返しに
痛快&
感涙
TO文庫

TO文庫

ようこそ、カズ先生

2015年2月1日　第1刷発行

著　者　佐藤万里
発行者　東浦一人
発行所　TOブックス
〒150-0011 東京都渋谷区東1-32-12
渋谷プロパティータワー13階
電話03-6427-9625(編集)
0120-933-772(営業フリーダイヤル)
FAX03-6427-9623
ホームページ　http://www.tobooks.jp
メール　info@tobooks.jp

フォーマットデザイン　金澤浩二
本文データ製作　TOブックスデザイン室
印刷・製本　中央精版印刷株式会社

Printed in Japan　ISBN978-4-86472-346-6